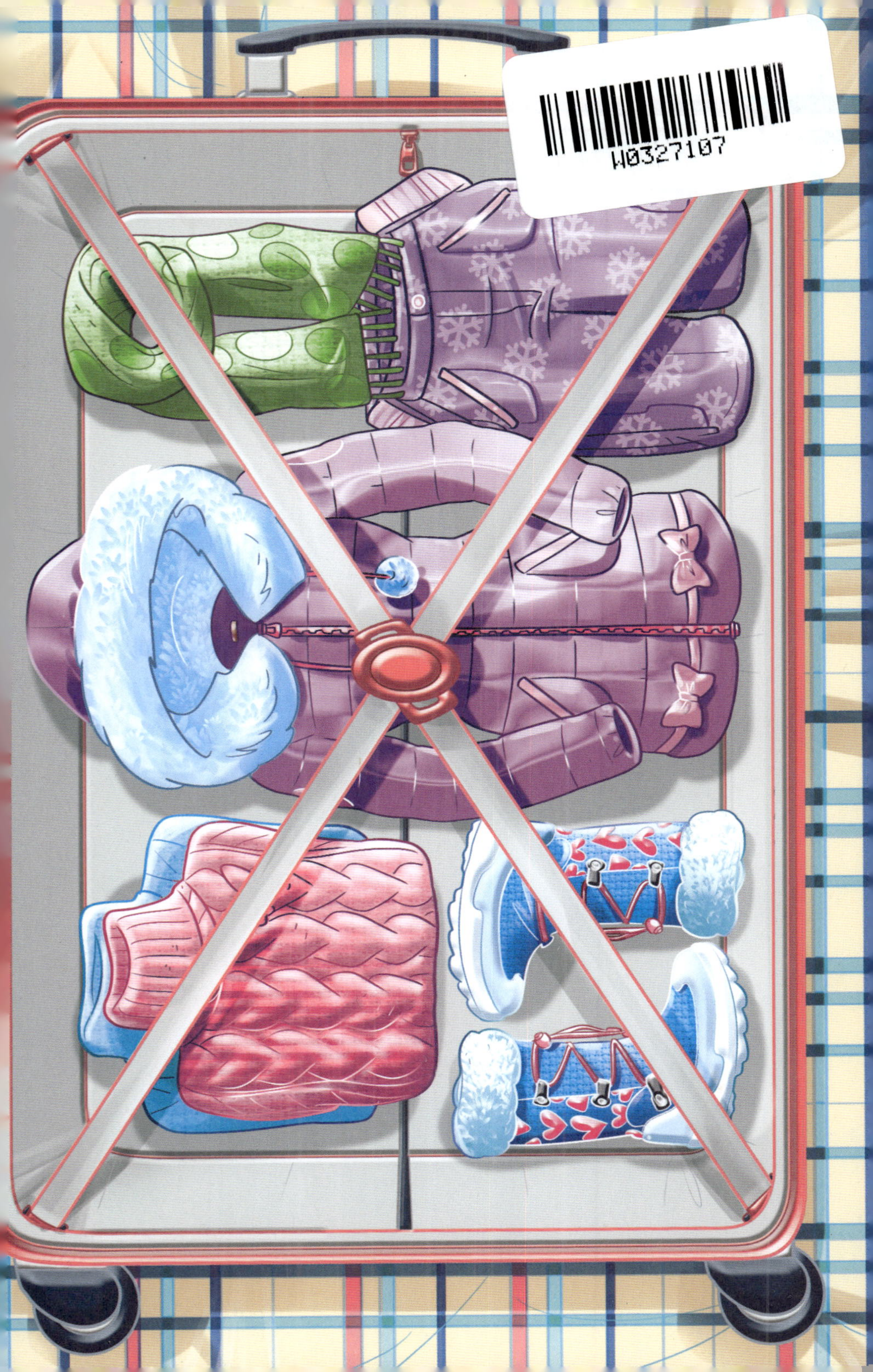

Benvenuti nel mondo delle

Tea Sisters

Questo libro appartiene a :

....

Ciao, io sono Tea! Sì, proprio Tea Stilton, la sorella di Geronimo Stilton! Sono l'inviata speciale dell'Eco del Roditore, il giornale più famoso dell'Isola dei Topi. Amo i viaggi e l'avventura e mi piace conoscere amici di tutto il mondo! Proprio a Topford, il college dove mi sono laureata e dove sono stata invitata a insegnare, ho incontrato cinque ragazze davvero speciali: Colette, Nicky, Pamela, Paulina e Violet. Tra di loro è nata subito una vera amicizia. E si sono così affezionate a me che hanno deciso di chiamare il loro gruppo con il mio nome: Tea Sisters (in inglese significa 'le sorelle Tea')! Per me è stata un'emozione grandissima. E alla fine ho deciso di raccontare le loro avventure. Le straordinarie avventure delle...

Tea Sisters

Colette

Ha una vera passione per vestiti e accessori, soprattutto di colore rosa. Da grande vorrebbe diventare una giornalista di moda.

Paulina

Altruista e solare, ama viaggiare e conoscere gente di tutto il mondo. Ha un vero talento per la tecnologia e i computer.

Violet

Ama molto leggere e conoscere cose sempre nuove. Le piace la musica classica e sogna di diventare una famosa violinista!

Nicky

Viene dall'Australia ed è molto appassionata di sport, ecologia e natura. Ama vivere all'aria aperta e non sta mai ferma!

Pamela

È un'abile meccanica: datele un cacciavite e aggiusterà tutto! È golosa di pizza, che mangerebbe a ogni ora, e ama cucinare.

Vuoi essere una Tea Sister?

▼

....

mi piace ....

....

....

....

....

....

Testi di Tea Stilton
Coordinamento testi di Alessandra Berello / Atlantyca S.p.A.

Coordinamento editoriale di Daniela Finistauri
Editing di Sofia Scartezzini

Art Director: Iacopo Bruno
Copertina di Barbara Pellizzari, Giuseppe Facciotto (china) e Flavio Ferron (colore)
Illustrazioni della valigia di Barbara Pellizzari (disegno) e Flavio Ferron (colore)
Graphic Designer: Alice Iuri / theWorldofDOT

Illustrazioni pagine iniziali e finali di Barbara Pellizzari (disegno) e Flavio Ferron (colore) | Mappe di Caterina Giorgetti (disegno) e Flavio Ferron (colore)

Illustrazioni della storia di Giuseppe Facciotto, Barbara Pellizzari, Chiara Balleello, Valeria Brambilla (disegno), Valeria Cairoli e Valentina Grassini (colore)
Coordinamento artistico di Flavio Ferron
Assistenza artistica di Tommaso Valsecchi
Grafica di Chiara Cebraro

Da un'idea di Elisabetta Dami
www.ildiariodelleteasisters.it

Pubblicato per PIEMME da Mondadori Libri S.p.A.

info@edizpiemme.it

Anno 2018 - 2019 - 2020 Edizione 1 2 3 4 5 6 7 8 9 10 11 12 13 14 15

Stampa: ELCOGRAF S.p.A.
Via Mondadori, 15 - Verona

Questo libro è stato stampato su carta certificata FSC®

MISTO
Carta da fonti gestite in maniera responsabile
FSC® C115118

Tea Stilton

IL SOLE DI MEZZANOTTE

PIEMME

Volete aiutare anche voi le Tea Sisters in questa nuova avventura? Non è difficile, basta seguire tutte le indicazioni!

Quando vedrete questa lente fate attenzione: significa che in quella pagina c'è un indizio importante.

Ogni tanto faremo il punto della situazione, in modo da non dimenticare nulla.

Allora, siete pronti?

IL MISTERO VI ASPETTA!

MISTERO TRA LA POLVERE

Pamela scostò un grosso volume dalle pagine ingiallite e una nuvoletta di polvere le volò dritta sul naso.

EEET... EEET... EEETCIÙÙÙ!

starnutì poderosamente la ragazza.

– Da quanto tempo nessuno dà una SPOLVERATA da queste parti? – si lagnò Colette, lanciando un'oc-chiata intorno a sé.

– Beh Cocò, non penso che l'archivio sotterraneo sia molto frequentato... nemmeno per fare le **PULIZIE!** – rispose Violet, senza alzare la testa dal vecchio tomo che stava consultando.

CHE CONFUSIONE!
ETCIÙ!

L'idea di scendere nei sotterranei era stata sua: era certa che l'archivio custodisse testimonianze utili per la RICERCA sulla storia del College di Topford che dovevano svolgere.

Lì sotto, in effetti, si trovava un po' di tutto: vecchi libri di ogni genere, antichi documenti più o meno interessanti, album con foto in bianco e nero, trofei sportivi vinti da chissà chi, persino copie DIMENTICATE di giornalini scolastici stampati decenni prima.

– Ehi, guardate qui! Questo non è il rettore da giovane?! – esclamò in quel momento Pam, mostrando alle amiche la foto incorniciata e un po' ingiallita di un gruppetto di studenti.

– 'Club degli amici della Matematica' – disse Paulina leggendo la targhetta sulla cornice.

– È proprio lui... ma senza i baffi!

Violet si schiarì la voce: – Ragazze, mi pare di

essere l'unica che sta effettivamente leggendo qualcosa sulla STORIA DI TOPFORD... Non voglio rovinarvi il divertimento, ma la ricerca non si farà da sola!

Nicky rispose: – Oh, Vivì, tu hai ragione, ma c'è ancora tempo! Avremo tutte le vacanze INVERNALI per scriverla!

– Sì, ma è meglio portarci avanti – replicò Violet. – So già cosa succederà durante le VACANZE... Pam avrà i suoi manicaretti da preparare, tu un nuovo sport invernale in

cui realizzare qualche record, e Cocò penserà solo ad andare in...
– ... NORVEGIA?! – esclamò Colette in quell'istante, con tono dubbioso.
Violet la guardò: – Veramente stavo per dire 'in centro a fare shopping', che cosa c'entra ora la Norvegia?
– GUARDATE questo – rispose l'amica, mostrando alle altre quello che aveva trovato nello scatolone in cui stava FRUGANDO da mezz'ora, in cerca di documenti sulla fondazione del college. Si trattava di un pacco di cartone, accuratamente legato con lo SPAGO.

– È un pacco postale e a giudicare dal timbro è stato spedito da Bergen, che dev'essere una città della NORVEGIA, giusto? – chiese Colette.

Paulina consultò subito il TABLET e lesse ad alta voce: – Bergen: città costiera considerata la porta dei fiordi norvegesi, costruita sul versante di una montagna che si affaccia sul MARE.

– È piuttosto lontano, sorelle – commentò Pam, avvicinandosi a Paulina.

Anche Nicky scese dalla scaletta e raggiunse incuriosita le amiche: – Chissà cosa ci fa qui quel pacco...

Violet chiuse il libro con un sospiro.

– Ho capito, non c'è speranza per questa ricerca al momento. Fatemi vedere...

Le amiche esaminarono insieme il misterioso oggetto: si leggevano perfettamente il mittente e il destinatario, era stato SPEDITO da Bergen al College di Topford da una certa Astrid per qualcuno di nome Emil.

Paulina analizzò il timbro postale: – Risale a più di cinquant'anni fa...

– Per mille bielle sbiellate! Ma perché è finito qui sotto? – si domandò Pam.
– E perché è rimasto CHIUSO? Questo Emil non lo ha mai aperto... – rifletté Violet.
– O magari non lo ha mai ricevuto! – ipotizzò Nicky.
– Ecco qui un piccolo MISTERO da risolvere – sorrise Colette. – Non so voi, amiche, ma io avrei voglia di capirci qualcosa di più... che cosa ne dite di cercare informazioni su Astrid ed Emil?
– Dico che avevate ragione! Dopo tutto, la ricerca sulla storia di Topford può aspettare ancora un po' – concluse Violet.

Amici inseparabili

Le ragazze riemersero dagli archivi, determinate a scoprire quanto più possibile sui due nomi del MISTERIOSO pacco.

– Astrid mandò il pacchetto a Emil qui a Topford, quindi possiamo supporre che lui vivesse qui, all'epoca – rifletté Violet mentre PERCORREVA insieme alle amiche il corridoio del piano terra del college.

– Chissà, magari era un insegnante – ipotizzò Colette.

Ipotesi 1: INSEGNANTE

– O un **INSERVIENTE** – replicò Nicky.
Pam intervenne: – O forse uno **STUDENTE**, proprio come noi!
– Che ne dite di cercare qualche informazione in più? – propose Paulina.
– *Sì ma precisamente... come?* – chiese Colette.
– Ho un'idea! – rispose l'amica, guidando le altre verso la biblioteca.
Una volta arrivate, la ragazza raggiunse subito la postazione INFORMATICA: – Da questo computer si può consultare il server del college, che ha in memoria i nomi di tutti coloro che hanno lavorato o studiato qui.

Ipotesi 2: INSERVIENTE

Ipotesi 3: STUDENTE

Se frequentava il nostro college Emil dev'essere per forza stato registrato!

– **Per mille pistoni ingrippati**, semplice e geniale, sorella! – disse Pam.

Bastarono pochi minuti e Paulina trovò quello che stavano **CERCANDO**.

– Eccolo qui! Emil Dahl, nato a Bergen, studente di Topford... C'è anche l'anno di iscrizione! Ma non quello di diploma, **CHE STRANO**...

Colette le si avvicinò: – Ho un'ispirazione... Prova a cercare anche Astrid Olsen, la mittente del pacco!

Paulina digitò rapida il nome, ed ecco che il COMPUTER mostrò il risultato.

– Anche Astrid era al college, anche lei è di Bergen ed è entrata a Topford nello stesso anno di Emil! – lesse Paulina. – Stranamente non c'è nemmeno il suo anno di diploma...

– SSSH! – fece in quel momento una voce.

– La biblioteca è un posto dove si deve stare in SILENZIO, nel caso non lo sappiate!
Le Tea Sisters si voltarono tutte e cinque di scatto: seduta a uno dei tavoli, con un volume APERTO davanti e l'aria molto scocciata, c'era Vanilla De Vissen.
Colette, stupita nel vederla lì, non riuscì a trattenersi: – Vanilla, anche tu qui?!
– Perché, non posso fare una ricerca in biblioteca? – replicò PICCATA la ragazza.
– Stai già preparando il compito sulla storia di Topford? – chiese Violet. – Anche io volevo PORTARMI avanti, ma...
– Compito sulla storia di Topford? Ma figurati! Sono qui per analizzare nei dettagli l'abbigliamento delle nobildonne del passato. Mia madre darà un GRAN GALÁ sul suo yacht e io voglio essere vestita come una vera principessa!
– Tranquilla, Vivì – sussurrò Paulina, facendo

l'occhiolino all'amica. – Non era possibile che Vanilla fosse più studiosa di te!

– Comunque scusaci se abbiamo **FATTO RUMORE** – disse Colette. – Ma ora abbiamo finito, vero ragazze?

Paulina, che aveva copiato alcune informazioni su un taccuino, annuì: – Possiamo andare. Ma prima Pam, mi prenderesti il volume B-543-64Z, per favore?

– **Subito!** – esclamò Pamela, affrettandosi a cercare il testo.

Dieci minuti dopo, le Tea Sisters si erano **RIUNITE** nella stanza di Paulina e Nicky.

– Allora, Pilla, dicci qualcosa

di più sul libro che ci hai fatto prendere prima – propose Nicky, **incuriosita**.

– Sembrerebbe... un annuario studentesco – osservò Pam.

Paulina sorrise, prese il volume e iniziò a sfogliarlo, poi improvvisamente si fermò esclamando: – Guardate qui!

– Non ci posso credere... – esclamò Colette, osservando la foto di un gruppo di ragazzi SORRIDENTI intorno a un tavolo con alambicchi e provette.
Alla pagina seguente erano scritti anche i nomi dei ragazzi immortalati.
– ECCOLI QUI, sono proprio loro! – mormorò Violet, indicandoli.
Colette si mise a sfogliare con delicatezza l'annuario: – Chissà se troviamo qualche altra FOTOGRAFIA... Qui ci sono i primi piani di tutti gli studenti dell'anno, con delle didascalie!
– Cerca Astrid ed Emil! – la incitò Pam.
– Eccoli, sono uno vicino all'altra! Questa è Astrid e accanto c'è scritto: vincitrice del premio Ricercatori Promettenti, brillante studentessa di biologia marina. Emil, invece, a quanto pare era appassionato di astronomia, oltre che uno sciatore provetto...

– Quindi, Astrid ed Emil sono originari della **NORVEGIA**, erano appassionati di scienze e frequentarono Topford negli stessi anni – ricapitolò Nicky. – E con ogni probabilità erano anche amici.

– Se è così, *CHISSÀ COME MAI* Astrid mandò quel pacco a Emil da Bergen – rifletté Paulina. – Sarà stata a casa per le vacanze?

– Può darsi... Ma la vera domanda resta perché lui non lo abbia **MAI** aperto, né portato via con sé – concluse Violet.

Per un attimo, nella stanza calò il silenzio. Poi si sentì il leggero TICCHETTIO delle dita di Paulina sulla tastiera del computer:
– Amiche, forse ho trovato qualcosa di utile! Sembra che un certo Emil Dahl sia a capo di una fondazione per la RICERCA ASTRONOMICA e astrofisica in Norvegia, a Oslo!
– Dev'essere lui! – trillò Colette. – Hai cercato anche Astrid?
– Su di lei non c'è nulla – rispose Paulina.
– Sei proprio sicura? – chiese di nuovo Colette, un po' DELUSA. – Pensavo che fosse diventata una scienziata famosa...
Pam intervenne: – Beh, sorelle, almeno adesso abbiamo un posto dove mandare a Emil il pacco della sua amica, anche se un tantino in RITARDO!
– Sperando che questa volta lo riceva – aggiunse sovrappensiero Paulina.
– Ragazze, non pensate che... – iniziò Colette.

– Sarebbe bello... – proseguì Nicky.

– Se dopo tutti gli anni che sono passati... – continuò Paulina.

– Fossimo noi... – aggiunse Pam.

Poi **FISSARONO** tutte Violet, che dopo un istante esclamò: – E va bene, la ricerca aspetterà ancora un bel po'. Adesso...

voliamo in Norvegia!

Sbarco a Oslo

Mentre l'aereo iniziava ad abbassarsi verso la pista di ATTERRAGGIO, Nicky attirò l'attenzione delle amiche.

– Guardate! – esclamò, indicando il paesaggio oltre il finestrino, dove una candida distesa di alberi INNEVATI si faceva sempre più vicina.

– Meno male che abbiamo portato vestiti CALDI! – commentò allegra Colette, preparandosi all'atterraggio. – Qualcosa mi dice che a Oslo potrò finalmente sfoggiare il mio nuovo CAPPELLINO di lana rosa... non vedo l'ora!

– Insieme a un'altra trentina di berretti, cappelli e cappellini... – la STUZZICÒ Nicky.
Colette ribatté: – Uno per ogni occasione, appunto!
– Prepariamoci, è quasi ora di SCENDERE! – le interruppe Paulina.
La ragazza aveva già studiato il percorso migliore per raggiungere subito la fondazione Astera, dove lavorava Emil Dahl, che si trovava nelle vicinanze del porto.
Una volta scese dall'aereo le amiche si affrettarono a saltare sul primo taxi disponibile per raggiungere il centro della città.
– Guardate quanta NEVE, sorelle! – fece Pamela, con il viso appiccicato al finestrino.
– Sembra che qualcuno abbia cosparso tutto di panna montata!
– Pam, sei sempre la solita, anche il paesaggio più poetico ti fa pensare al cibo! – ridacchiò Paulina.

– È perché in aereo ho letto la sezione 'piatti tipici' della guida della Norvegia e ora non faccio altro che **pensare** ai dolci che assaggeremo!

Le ragazze scoppiarono a ridere e Violet concluse: – Va bene, Pam, dopo che avremo consegnato il pacco a Emil ci godremo qualche **pasticceria** di Oslo, promesso!

Il taxi, nel frattempo, era ormai arrivato alla meta. L'autista si voltò verso le ragazze e spiegò: – Il palazzo che state cercando si trova **LAGGIÙ**. Ci arriverete velocemente costeggiando il porto!

Le ragazze, che non stavano più nella pelle, scesero in fretta dal **TAXI** e si ritrovarono sulla passeggiata che costeggiava il porto, ora coperta di un soffice manto di neve fresca.

– Che bello... – commentò Colette, ammirando le imbarcazioni che dondolavano dolcemente poco più in là.

– E che aria... BRRR... FRIZZANTE! – aggiunse Violet, passandosi la sciarpa davanti alla bocca.

– Forza ragazze, siamo quasi arrivate! Ecco il palazzo che ospita la fondazione Astera! – disse Nicky.

Davanti a loro si STAGLIAVA un edificio di grandi dimensioni e tra le varie targhe affisse ce n'era una che recitava:

Fondazione Astera
Astronomia e Astrofisica

ECCO IL PALAZZO!
SIAMO ARRIVATE!

– **Ci siamo, sorelle!** – esclamò Pam. – Un momento... Dove abbiamo messo il pacco di Emil?!

Nicky sorrise e mostrò la borsa: – Ce l'ho io!

ANDIAMO!

NORVEGIA

Il territorio norvegese è caratterizzato da due elementi fondamentali: i **fiordi,** ovvero antiche valli scavate dai ghiacci e poi sommerse dall'acqua, e le **alpi scandinave.** Nel sud del paese sono presenti lupi, orsi, cervi e alci, mentre a nord prevalgono renne, volpi, lemming e lepri polari. Nei numerosi corsi d'acqua interni vivono salmoni, trote e lucci.

I primi abitanti arrivarono dalla lontana Siberia, ma per secoli la Norvegia fu dominata dai **Vichinghi,** quindi annessa alla Danimarca e alla Svezia, prima di diventare indipendente, all'inizio del 1900.

Oggi la Norvegia è uno dei paesi più avanzati del mondo. Le città più importanti sono **Oslo,** la capitale, **Bergen** e **Trondheim.** L'economia del paese è strettamente legata al mare, grazie alla pesca e allo sfruttamento dei giacimenti di petrolio e gas naturale.

Nelle classifiche internazionali la Norvegia compare tra i paesi **più felici al mondo!**

IN MEZZO AI TELESCOPI

Le ragazze entrarono nel palazzo. L'ingresso era elegante e austero, con un grande bancone di LEGNO dietro al quale era seduto un anziano custode.
– Posso esservi utile? – chiese.
– Sì, grazie, cerchiamo gli uffici della fondazione Astera – rispose Nicky.
Il custode INDICÒ una porta alla sua destra: – Prego, da quella parte.
Una volta entrate, le amiche si ritrovarono nel bel mezzo di un viavai disordinato di persone, alcune con il camice e altre senza, tra SCATOLE stracolme di documenti, vecchi telescopi, vari computer, monitor e

mappe in ogni angolo. In mezzo a quel trambusto nessuno sembrò fare caso a loro.

– Per mille pistoni ingrippati! C'è più caos che nella pizzeria di mio padre all'ora di pranzo! – esclamò Pam, allargando le braccia. E improvvisamente... SBAM!

Una giovane con il camice andò a sbattere contro di lei: – OPS! SCUSA! – disse.

– No, scusami tu! – rispose Pam.

– Oggi con questo trasloco c'è una gran confusione – si giustificò la ragazza.

– TRASLOCO? – chiese Paulina.

La giovane annuì: – Il nuovo laboratorio è pronto, dobbiamo spostare i materiali e...

– Cynthia, sono arrivati i telescopi? – fece in quel momento una voce maschile.

Un ragazzo alto e moro SI AVVICINÒ.

– Vado subito a controllare! – trillò la ragazza, dileguandosi.

– Avete bisogno di qualcosa? – chiese a quel punto il nuovo arrivato alle Tea Sisters.

– In effetti, sì... – rispose Colette. – Stiamo cercando il signor Emil Dahl.

– Perché? – volle sapere lui.

– Ehm, per una questione... PERSONALE – ribatté la ragazza.

– Allora penso che siate nel posto sbagliato – disse il ragazzo. – **Mio zio non è qui**...
– Tuo zio? – gli fece eco Paulina.
Il giovane annuì: – Il mio prozio, per l'esattezza. Ma non mi sono presentato, mi chiamo Jurgen, e lavoro qui alla **FONDAZIONE**.
– Noi siamo Colette, Nicky, Pam, Paulina e Violet – snocciolò Colette. – E veniamo dal College di Topford, sull'Isola delle Balene.
– Se non sbaglio anche mio zio ha studiato lì! Ma voi siete **VENUTE DA LAGGIÙ** solo per incontrarlo? – si stupì il ragazzo.
– Veramente abbiamo un pacco per lui – spiegò Nicky. – Ma è una storia lunga, e tu sarai molto occupato...
Jurgen sorrise: – Mi avete **INCURIOSITO**. Perché non vi fate offrire qualcosa di caldo, e mi raccontate tutto?

Jurgen condusse le cinque amiche in un minuscolo cucinino, dove preparò una teiera di INFUSO alla frutta. Poi le guidò per i corridoi fino a una porta: – Questo laboratorio oggi dovrebbe essere libero.
– Uau! – esclamò Violet, entrando.
La stanza era pulita e ordinatissima. Sui muri bianchi spiccavano poster con mappe del cielo e grandi MONITOR con immagini di alcune galassie. Un telescopio dall'aria potente riposava in un angolo, in attesa di inquadrare le stelle.
Paulina si avvicinò a un computer: – Questo è un modello velocissimo!
Jurgen spiegò: – I nostri ricercatori hanno bisogno di strumenti all'AVANGUARDIA. Ma sedetevi, prego, e raccontatemi!
Le Tea Sisters parlarono del ritrovamento negli archivi del college, delle loro ricerche e della decisione di RAGGIUNGERE Oslo

PREGO, ENTRATE PURE!

e consegnare loro stesse il PACCO per Emil da parte di una certa Astrid.
– Astrid? – ripeté il ragazzo.
– Sì! La conosci? O ne hai sentito parlare? – domandò Pam.
– Sì, dev'essere la compagna di corso di cui ogni tanto zio Emil mi ha parlato.
Colette spiegò: – A noi risulta che fossero amici, anche lei era appassionata di scienza: BIOLOGIA MARINA, per l'esattezza.
Jurgen cominciò a ridacchiare. Le Tea Sisters si scambiarono un'occhiata perplessa.
– Scusate... – disse lui, tornando serio. – Mi sono ricordato di uno scherzo da parte di questa Astrid che mi ha raccontato mio zio... Dovevano sostenere entrambi l'ESAME DI FISICA, e lei riuscì a convincere lo zio che ci sarebbe stata un'esercitazione preliminare sul galleggiamento che si sarebbe svolta in riva al mare. Era tutto uno SCHERZO, ma zio

Emil ci cascò, e andò a finire che sostenne l'intero esame in costume da bagno!

– Astrid doveva essere una VERA PESTE! – commentò Nicky, ridacchiando.

– Hai idea di che fine abbia fatto? – chiese Paulina. – Abbiamo cercato sue notizie, ma non abbiamo TROVATO nulla.

Jurgen ci rifletté per qualche secondo e rispose: – In effetti, no. Credo che a un certo punto lei e lo zio abbiano perso i contatti.

– Che peccato, con un'AMICIZIA del genere... – sospirò Colette.

Pam l'abbracciò: – Tranquilla, sorella... a noi non succederà mai!

Jurgen si alzò dalla sedia: – Purtroppo, ragazze, io devo RIMETTERMI AL LAVORO.

Però potete lasciare qui il pacco: lo porterò io allo zio fra un paio di settimane, quando andrò a trovarlo.

– A TROVARLO? Ma come, non vive qui a Oslo? – chiese stupita Paulina.

Jurgen scosse la testa: – La sua famiglia era originaria del paesino di Flåm, e da qualche tempo lui è TORNATO a vivere lì.

CHE BELLEZZA!

Mentre si avviavano all'uscita insieme a Jurgen, le Tea Sisters si scambiarono un'occhiata SCORAGGIATA: dopo quel lungo viaggio, non poter incontrare Emil per consegnargli il pacco rimasto nascosto per tutti quegli anni era una vera delusione.

– Che peccato! – sospirò Colette.

E Violet aggiunse: – Mi dispiace tanto, ormai mi sembrava quasi di conoscerlo!

Nicky, invece, non si perse d'animo: – Ragazze, abbiamo già percorso tanti chilometri, cosa volete che sia una tappa in più?

Pam la guardò stupita: – Vuoi dire che...
– Che dovremmo andare a Flåm! – esclamò Paulina. – Nicky, hai perfettamente ragione!
Jurgen guardò le amiche con un sorriso divertito: – È proprio impossibile fermare voi cinque, vero?
Colette annuì: – A noi Tea Sisters piace andare a fondo di ogni impresa, anche quando è piccola, come CONSEGNARE un vecchio pacco!
– Quand'è così... – intervenne Jurgen. – Non mi resta che farvi da guida!
Colette sgranò gli OCCHI: – Davvero? Ci accompagneresti fino a Flåm?
Il ragazzo rispose: – Il viaggio in treno è lungo, e io non vedo lo zio da un po'. Devo sistemare alcune cose qui al lavoro, ma per domattina SARÒ PRONTO A PARTIRE!
E fu così che, il mattino dopo, le cinque ragazze salirono sul treno con Jurgen, pronte a riprendere l'AVVENTURA!

– Allora, ragazze, come è stata la prima notte in Norvegia? – chiese il giovane, mentre le altre si sedevano ai loro posti.

– Yawn... – sbadigliò Violet. – Corta! Non c'era proprio un TRENO un po' più tardi?

Nicky sorrise, poi rivolta a Jurgen spiegò:

– Violet è una campionessa nel trovare la soluzione agli enigmi impossibili, ma...

ha anche il record mondiale di sonno!

Mentre gli altri ridacchiavano, Violet puntualizzò: – Otto ore di riposo mantengono la mente lucida e allenata! Anzi... Yawn... oggi ci aggiungerò un pisolino sul treno.

Mentre Violet **sonnecchiava**, Jurgen chiese: – Quanto tempo avete a disposizione per visitare la Norvegia? Trascorrerete qualche giorno di vacanza a Oslo, dopo aver consegnato il **PACCO** allo zio?

Nicky sospirò: – Temo che non ne avremo il tempo. È un vero peccato, a me sarebbe tanto piaciuto vedere il famoso trampolino per gli sciatori...

– Vuoi dire l'**HOLMENKOLLEN?**

In effetti è spettacolare! – rispose Jurgen. Poi aggiunse: – Lo sai che lo zio Emil da giovane ha partecipato a una gara di salto con gli sci e ha quasi realizzato un record?
– Davvero?! – esclamò Nicky, strabuzzando gli occhi. – INCREDIBILE!
– Sì, a differenza mia, lui era uno sciatore provetto! – rise il ragazzo.
Il viaggio continuò fra chiacchiere e risate, con il bianco paesaggio invernale che scorreva fuori dai FINESTRINI, finché Pam non iniziò a brontolare: – Ma solo io ho fame? Stamattina la PASTICCERIA sotto l'hotel era chiusa, e non ho potuto comprare neanche uno spuntino per il viaggio...
Non preoccuparti! Su questo treno c'è una carrozza RISTORANTE – la rassicurò Jurgen. – Servono ottime specialità norvegesi!
– Fratello, perché non l'hai detto prima?! Mi ci sarei fiondata già un'ora fa!

Il gruppetto raggiunse il ristorante del treno e Colette chiese: – Che cosa ci consigli, Jurgen?

– NON HO DUBBI! – rispose lui. – Una porzione a testa di *gravlaks*, e poi vediamo... Ah, certo: una coppa di *tilslørte bondepiker*!

– Beh... Non ho capito nulla, ma mi fido! – rise Pamela.

– Scusate! Il *gravlaks* è SALMONE tagliato a fettine e marinato in aneto, zucchero e sale, è saporitissimo! Il dolce che ho nominato, invece, è a base di **MELE COTTE** e panna!

– Sapevo che facevo bene a fidarmi di te, fratello! – concluse soddisfatta Pam, mentre il ragazzo ordinava per tutte.

– Tra circa un'ora dobbiamo scendere e pren-

dere una coincidenza – annunciò il ragazzo poco dopo, tra un boccone e l'altro.
– Ma come, questo TRENO non va direttamente a Flåm? – domandò Paulina.
Jurgen scosse la testa: – Questo prosegue per Bergen, ma noi dobbiamo scendere a Myrdal e continuare il VIAGGIO da lì... e credetemi, ne varrà la pena!
– Ho il tempo di fare un altro giro? – chiese Pam, che aveva già SVUOTATO il piatto.

– Se continui a questa velocità hai il tempo di farne anche due! – rise Jurgen.
Una volta a Myrdal, le Tea Sisters salirono insieme a Jurgen sul piccolo treno verde che le avrebbe condotte alla meta.
Dopo pochi minuti, la MERAVIGLIA le travolse: il treno scendeva a picco, tra curve a gomito e tunnel scavati nelle montagne che si interrompevano svelando all'improvviso un paesaggio mozzafiato.
– Ecco a voi la Flåmsbana, uno dei tratti ferroviari più spettacolari del mondo, nonché uno dei più RIPIDI! – commentò Jurgen, con un sorriso soddisfatto.

– Ma... ma è un viaggio bellissimo! – esclamò Colette, ammirando uno scorcio di paesaggio INNEVATO.
– Sono contento che vi piaccia, in effetti questo non era

il solo percorso per arrivare a Flåm... ma di certo era il più scenografico!
Oltre i finestrini sfilavano montagne imbiancate, CASCATE di ghiaccio e gruppetti di casette colorate che sembravano sbucare dalla neve. Le Tea Sisters continuarono il viaggio in un SILENZIO carico di stupore, senza staccare gli occhi...

DA QUEL MAGICO SPETTACOLO!

CHE PAESAGGIO MERAVIGLIOSO!

SPETTACOLARE!
SONO FELICE CHE VI PIACCIA!

MEZZO SECOLO DOPO

Finalmente il treno su cui viaggiavano le ragazze e Jurgen arrivò a DESTINAZIONE.
Il giovane le guidò lungo un sentiero innevato e si fermò davanti a una casetta di legno dal tetto spiovente.
– CI SIAMO! – bisbigliò Nicky, emozionata, mentre Jurgen bussava alla porta.
Dall'interno nessuno rispose.
– Forse tuo zio è uscito? – suppose Violet.
– Non credo, l'ho avvertito che saremmo arrivati e poi tra poco farà BUIO!
– Buio?! – gli fece eco Pam. – Per mille pistoni ingrippati, com'è possibile?! Sono solo le tre del pomeriggio!

– Siamo al Nord, Pam... In questa stagione le giornate durano POCHISSIMO – le spiegò Paulina.

– Mentre d'estate sembrano non finire mai! – aggiunse Nicky. – Pensate che a luglio il sole tramonta verso le dieci e mezza di sera!

Jurgen provò a bussare di nuovo...

TOC TOC

Anche questa volta, nessuna risposta.

– Oh, insomma! – sbuffò il ragazzo, colpendo con più forza la porta.

Ma ecco che all'improvviso...

SBAM!

un piccolo cumulo di neve gli crollò sulla testa!

– Ops... – ridacchiò Nicky, aiutando l'amico a ripulirsi.

– Chi è? – chiese finalmente una voce dall'interno.

– Zio Emil? Mi apri? – sollecitò il ragazzo.
La porta allora si SPALANCÒ: – Jurgen! Mio caro nipote, non ti ho sentito bussare!
Le Tea Sisters rimasero per un istante senza fiato: davanti a loro c'era proprio lo studente di Topford che avevano visto sulle FOTO dell'annuario!
Certo, ora il signor Emil aveva i capelli bianchi e il viso segnato da qualche ruga, ma lo SGUARDO, gentile e luminoso, era identico a quello del ragazzo che avevano imparato a conoscere.

– Prego, entrate, o lì fuori vi CONGELERETE! – esclamò Emil un momento dopo.
L'interno della casa era molto semplice, ma accogliente: sul pavimento, rivestito di LEGNO così come le pareti, erano disposti un lettino, una stufa che riscaldava

l'atmosfera, un tavolo con due sedie e un comodo divano pronto ad accogliere gli ospiti.

– Zio, ti presento le Tea Sisters, sono venute fin qui per te, io gli ho solamente fatto da guida – spiegò Jurgen.

– Per me? – chiese SORPRESO il padrone di casa.

A quel punto fu Nicky a prendere la parola:

– Esatto, abbiamo un vecchio pacco per lei, lo abbiamo trovato al College di Topford.

– Al College di Topford?! Saranno passati più di cinquant'anni! – mormorò l'anziano. – Ma accomodatevi: preparo subito un tè, così potrete raccontarmi tutto con calma.

Poco dopo, il vecchio Emil tornò reggendo un grande vassoio di tazze fumanti.

– ALLORA, DI CHE PACCO SI TRATTA? – chiese l'anziano alle Tea Sisters.

Colette si schiarì la voce e cominciò: – Io e

Le ragazze sono qui per te!
Raccontatemi tutto!

le mie amiche stavamo svolgendo una ricerca negli ARCHIVI del college, quando ci siamo imbattute in un pacco ancora chiuso. Dal francobollo abbiamo capito che era stato spedito dalla Norvegia, e abbiamo fatto una PICCOLA INDAGINE sul destinatario... che è lei, signor Emil!

– E avete fatto tutti questi chilometri solo per portarmi un semplice pacco? – chiese lui, aggrottando la fronte.

– Beh, ecco... – intervenne Nicky. – A dire il vero, sì. Forse perché i ricordi della sua amicizia con Astrid ci hanno colpito molto, e...

– *Astrid?* – mormorò Emil, sbiancando.

Paulina annuì: – Il pacchetto è da parte di una certa Astrid e noi abbiamo pensato che, al suo posto, ci sarebbe piaciuto riceverlo... anche dopo tanti anni.

Emil si lasciò cadere su uno sgabello mormorando: – Astrid... Non ci posso credere...

– Zio? Va tutto bene? – chiese Jurgen.
Dopo qualche attimo, l'anziano si riscosse:
– **POSSO VEDERE IL PACCHETTO?**
Nicky frugò nello zaino e glielo passò.
Con movimenti lenti e delicati, Emil sciolse lo spago e aprì la carta che **AVVOLGEVA** una piccola scatola piatta. Al suo interno c'erano una busta chiusa con la scritta 'per Emil' e una conchiglia.
– **CHE BELLA!** – esclamò Nicky. – È un'astarte*, se non sbaglio...

– Sbagli – disse Emil sorridendo. – Questa non è una conchiglia autentica ma un calco di gesso, accuratamente *dipinto a mano!*
Nicky la osservò a bocca aperta: – Sembrava vera!
– Astrid non avrebbe mai rubato niente al **mare**, aveva

* L'astarte è un tipo di conchiglia molto diffusa nelle regioni nordiche.

l'abitudine di spedirmi questi calchi, quando eravamo ormai **LONTANI** – rispose Emil, abbassando improvvisamente la voce.

– MA FORSE È MEGLIO CHE PARTA DALL'INIZIO...

La storia di Astrid

– Astrid era sempre stata vivace, sin da bambina – cominciò a raccontare Emil. – Aveva l'ARGENTO VIVO addosso, e voleva esplorare tutto quello che avevamo intorno. A quei tempi dovete sapere che eravamo vicini di casa a Bergen, siamo entrambi NATI e CRESCIUTI lì e sin da ragazzini abbiamo condiviso la passione per la scienza, solo che Astrid si concentrava sugli animali e sul mondo che ci circondava, mentre io mi perdevo con il naso all'insù, a contemplare tutti i pianeti e le STELLE...

Violet intervenne: – Sappiamo che ha una fondazione dedicata all'astronomia, è lì che abbiamo incontrato Jurgen.

– Sì, io ho potuto seguire la mia passione – replicò Emil. Poi fece un SOSPIRO triste: – La mia cara Astrid, invece...

Jurgen si accorse che all'improvviso allo zio TREMAVA la voce e che gli erano venuti gli occhi lucidi.

Ma non appena ebbe ricacciato indietro le lacrime, Emil riprese: – Diventati più grandi, scegliemmo di iscriverci alla stessa università: il prestigioso College di Topford, sull'Isola delle Balene.

– Lo conosciamo bene! – ridacchiò Colette.

– Tra quelle MURA per noi cominciò una nuova vita, fatta di nuovi amici, corsi interessanti, studio delle nostre passioni, concorsi, lezioni sportive...

– Astrid vinse anche un premio, vero? – disse

Violet, ricordando la citazione dell'annuario che lei e le amiche avevano ritrovato.

– Uno? – SORRISE Emil. – Almeno una decina, se la memoria non mi inganna! Tennis, pallavolo, chitarra, laboratorio chimico... La mia amica era INARRESTABILE!

– Mi ricorda qualcuno... eh, sorella? – esclamò Pam, dando di gomito a Nicky.

Emil sorrise: – Immagino che anche voi stiate vivendo anni molto FELICI, a Topford. Per noi lo sono stati, almeno finché...

Nella stanza calò uno strano silenzio.

– Che cosa accadde? – mormorò Colette.

– Dovete sapere che i genitori di Astrid non furono affatto contenti della scelta della figlia – spiegò Emil. – Loro avevano un altro sogno, che progettavano da anni: trasferirsi in AMERICA, aprire un ranch di cavalli e occuparsene tutti insieme. Alla fine avevano accettato che Astrid si iscrivesse a Topford

MIGLIOR GIOCATRICE DI TENNIS!
MUSICISTA PROFESSIONISTA!
PRIMO PREMIO ALLE OLIMPIADI DI CHIMICA!

ma le fecero promettere che sarebbe partita con loro appena fosse giunto il momento.

– **MA COME?** Astrid voleva fare la scienziata... – commentò Violet, stupita.

– La mia amica provò a **RIBELLARSI**, ma era ancora giovane e non poteva opporsi. Così i genitori la richiamarono a Bergen prima della fine dell'ultimo anno e di lì a pochi mesi partirono per l'America.

– Dev'essere stato in quel periodo che Astrid le spedì il pacchetto – rifletté Paulina. – **MA PERCHÉ LEI NON LO APRÌ?**

– Questa parte è la più difficile da raccontare, anche se sono passati anni...

Poi, l'anziano si alzò, frugò in una credenza e tornò a sedersi stringendo tra le mani una vecchia FOTOGRAFIA incorniciata.

– Fu scattata negli ultimi giorni che Astrid trascorse a Topford. Nonostante tutto, lei continuava a coltivare i suoi sogni e una volta tornata a Bergen, proseguì per un po' con gli studi, di nascosto dalla famiglia. Mi mandava lunghe LETTERE, sempre accompagnate dal calco di una conchiglia che

aveva visto in riva al mare e che le era piaciuta particolarmente.
– Ma certo! – esclamò Jurgen. – Quelle splendide conchiglie colorate che avevi in mostra sul CAMINETTO nella casa di Oslo... Ho sempre pensato che fossero vere!
Emil rise: – Eri piccolo, allora. Comunque le ho conservate tutte, le tengo in un cassetto. Sono i miei ultimi ricordi di Astrid.
– Perché gli ultimi, vi siete persi di vista? – chiese Pamela, perplessa.
Scuotendo la testa, Emil rispose: – Astrid non cominciò mai una nuova vita oltreoceano. Purtroppo, ci fu una terribile tempesta, e la nave su cui VIAGGIAVA la mia amica con la sua famiglia fu dichiarata dispersa...
Una lacrima silenziosa solcò il viso di Emil.
– Oh, mi dispiace così tanto – mormorò Colette. – Ci scusi per averle fatto riaffiorare alla memoria questi ricordi tristi.

– Ma no! Mi fa piacere parlare di lei – rispose Emil, asciugandosi una LACRIMA col dorso della mano. – Le volevo davvero molto bene. Quando seppi la tragica notizia, io, beh... non me la sentii di terminare l'anno e diplomarmi a Topford. Era il college che avevamo scelto insieme, dove avevamo condiviso le fatiche dello studio e tutti i nostri sogni... Tornai qui in Norvegia e conclusi gli studi due anni dopo.

– Quindi lei lasciò Topford prima che il pacco arrivasse a destinazione – intuì Violet.

– È probabile – rispose Emil.

– Sapete, all'epoca il **SISTEMA POSTALE** era ancora piuttosto lento, a volte ci volevano anche settimane per ricevere un messaggio da un posto lontano. Probabilmente il pacchetto fu spedito da Astrid subito prima di imbarcarsi e quando arrivò a destinazione, io ero ormai tornato in **NORVEGIA**.

– Per fortuna lo abbiamo trovato noi – disse Paulina sorridendo. – Così potrà leggere ancora un messaggio della sua amica!

– È quello che farò stasera stessa – dichiarò il padrone di casa con uno dei suoi grandi **SORRISI**. Poi cambiando argomento aggiunse: – Si è fatto un po' tardi, volete fermarvi? Non ho molto posto, ma se siete disposti a adattarvi...

Jurgen lo interruppe: – Zio, sei **GENTILE** come al solito, ma ho già prenotato delle stanze per la notte. Immaginavo che la nostra missione avrebbe richiesto un po' di tempo... Anche se non credevo che nascondesse una storia così **IMPORTANTE!**

– Vi sono davvero grato – disse Emil, rivolto alle Tea Sisters. Poi porse a Nicky la conchiglia di gesso: – Questa TENETELA voi, sono sicuro che ad Astrid avrebbe fatto piacere affidarla...

a cinque ragazze così speciali!

Buonanotte?

Dopo aver salutato calorosamente Emil, i ragazzi si INCAMMINARONO verso l'ostello in cui Jurgen aveva prenotato le stanze per la notte.

– È stata una bella AVVENTURA ma adesso non vedevo l'ora di coricarmi – commentò Violet, sistemandosi sotto il piumone del letto a castello che DIVIDEVA con Pamela.

– Stavolta sono proprio d'accordo! – esclamò l'amica, dal letto di sopra. – Quasi non riuscivo a finire la cena dalla STANCHEZZA!

– In effetti, dovevi essere davvero stremata per rifiutare la seconda porzione di dolce – ridacchiò Colette, che si stava spazzolando i CAPELLI alla piccola scrivania della stanza.
– Non preoccuparti, mi rifarò con la colazione, domani mattina! – ribatté Pam.
– Forza ragazze, spegniamo la LUCE e dormiamo, siamo tutte molto stanche – tagliò corto Paulina, mentre anche Colette si infilava nel suo lettino. – Buonanotte...
– Aspetta! – esclamò improvvisamente Nicky.
Paulina allora si sporse dal piano superiore del letto che divideva con l'amica e chiese:
– CHE COSA SUCCEDE?
– Mi sono accorta che c'è qualcosa, qui dentro! – esclamò Nicky mentre scuoteva delicatamente la conchiglia di Astrid ACCANTO all'orecchio. – Sento un leggero rumore, come se dentro il calco della conchiglia ci fosse un minuscolo oggetto...

DI COSA SI TRATTA?
C'È DENTRO QUALCOSA!
VEDIAMO...

Colette si tirò su dal lettino: – Un oggetto?
– Non lo so... qualcosa! – spiegò Nicky, scuotendo di nuovo la conchiglia.
Paulina raggiunse Nicky e le si accomodò accanto: – Fai dare un'OCCHIATA anche a me!
Con grande attenzione, le amiche forzarono il calco per APRIRE leggermente le due metà della conchiglia.
– Eccolo! – esclamò Nicky, tirando fuori un piccolo foglietto ingiallito.
– Per mille bielle sbiellate! C'è scritto qualcosa? – chiese Pam, raggiungendo a sua volta Nicky e le altre.
Paulina annuì: – Ci sono dei simboli che non riesco a decifrare... Sembra una specie di problema di matematica. E POI... C'È UN MESSAGGIO!
– Dev'essere un biglietto scritto da Astrid! – esclamò Colette.

Là dove mangiavamo gli skillingboller
quando il sole tramontava,
ben celata sotto di noi,
c'è la mappa per la seconda parte.
Solo tu ci potrai arrivare, mio caro E.

Un abbraccio stritolante, A.

– Sembra un indovinello – rimuginò Paulina.
– Vivì! – esclamò Pam, SCUOTENDO l'amica che dormiva profondamente. – Vivì sveglia, abbiamo bisogno di te!
– Uh? Eh?! È già ora di ripartire? – biascicò Violet, socchiudendo gli occhi.

– No, ma abbiamo trovato una cosa importante!

– Me la fate vedere domattina – borbottò Violet, tentando di RIGIRARSI contro il muro e riaddormentarsi.

Pam, però, continuò a insistere:
– Dai, Vivì! Devi per forza vederla ora!
Finalmente anche Violet si alzò e si unì alle amiche per analizzare il MISTERIOSO bigliettino che Astrid aveva nascosto nella conchiglia tanti anni prima.
– Pam, ammetto che quando mi hai strappata al sonno non ero MOLTO FELICE, ma adesso sono contenta che tu l'abbia fatto – commentò Violet. – Questo è un mistero bello e buono!
– E noi lo RISOLVEREMO! – concluse Paulina con un sorriso determinato.

Colette allora propose: – Perché non mandiamo subito un **messaggio** a Jurgen? Domattina, come prima cosa, dobbiamo tornare da Emil e portargli questo BIGLIETTO, lui sicuramente saprà dirci qualcosa di più su questa strana storia...

IN CERCA DI EMIL

La mattina dopo, le Tea Sisters scesero di buon'ora per fare COLAZIONE nella cucina dell'ostello.

– Ma dove sarà finito Jurgen? – si domandò Nicky, spalmando la **marmellata** di ribes sul pane.

– Chi lo sa... Gnam... Magari dorme ancora. Mi passeresti un altro dolcetto? Gnam... – rispose Pam, tra un boccone e l'altro.

– Speriamo che abbia RICEVUTO il mio messaggio di ieri – commentò Colette, controllando il cellulare. – Oh, ha risposto proprio ora! Dice che ci aspetta qui fuori.

– Benissimo! **ANDIAMO** – disse Paulina.

– Okay sorelle, un'ultima TAZZA di tè e ci sono – concluse Pam.

Quando, pochi minuti dopo, le ragazze uscirono dall'ostello, trovarono ad attenderle una BELLA SORPRESA.

– Ragazze, spero abbiate voglia di una passeggiata nella natura – propose Jurgen.

Accanto a lui c'era un borsone da cui spuntavano svariate paia di ciaspole per camminare nella NEVE.

– Uau! – esclamò entusiasta Nicky. – Sarebbe fantastico fare una gita! Però non abbiamo il tempo, dobbiamo andare SUBITO da Emil.

Jurgen spiegò: – Ci sono appena andato e il suo vicino di casa mi ha detto che, come ogni venerdì, lo zio è andato a fare una lunga PASSEGGIATA al fiordo.

Così sono andato ad affittare il materiale necessario a camminare nella neve fresca, per poterlo RAGGIUNGERE subito!
– Grande idea, fratello! – esclamò Pam. – Che aspettiamo, allora?
Con la guida di Jurgen, le ragazze imboccarono un suggestivo sentiero che si insinuava tra grandi abeti e pareti di ROCCIA innevate. Le Tea Sisters camminavano in silenzio, nell'incanto del paesaggio invernale. A un tratto, davanti ai loro occhi si parò l'azzurro intenso dell'ACQUA del fiordo.
– Che spettacolo incredibile... – mormorò Colette.
– Ora capisco perché il tuo prozio ha voluto TRASFERIRSI qui – commentò Paulina guardando quel paesaggio mozzafiato. – Ma... quello laggiù non è lui?
– Hai ragione! Zio Emil! – gridò Jurgen, affrettando il passo.

GUARDATE CHE PANORAMA!

È BELLISSIMO!
QUELLO È UN FIORDO!

La figura che le Tea Sisters avevano scorto in lontananza si fermò e si VOLTÒ: – Ragazzi? Che cosa ci fate quassù?!

Gli amici lo raggiunsero e gli raccontarono del BIGLIETTO trovato all'interno del calco della conchiglia.

– Non riusciamo a decifrare il contenuto del messaggio. – commentò Paulina. – Parla di una 'seconda parte'...

– INCREDIBILE, l'ha lasciata a me – mormorò Emil, come perso nei suoi pensieri. Poi si riscosse: – Qui vicino c'è una piccola baita. Andiamoci, continueremo a parlare al caldo.

Davanti a una tazza di tè FUMANTE, Emil esaminò con cura il biglietto che Nicky aveva portato con sé. Sul suo volto si dipinse un sorriso sempre più vivido. Poi spiegò: – Negli ultimi tempi, quand'era tornata a Bergen, Astrid stava lavorando a uno studio molto

PROMETTENTE su come produrre energia con pochissime risorse, utilizzando alcune particolari alghe marine.

– Ho letto un articolo su questo – intervenne Violet. – È tuttora una TECNOLOGIA molto studiata, se non sbaglio...

Emil annuì: – Astrid era un genietto! Scommetto che la sua ricerca avrebbe un grande valore ancora oggi.

Jurgen SUSSULTÒ: – È di questo che parla il messaggio, zio? Di una formula ancora valida per produrre energia?

– Penso proprio di sì, dietro al biglietto che avete trovato nella conchiglia c'è il pezzo iniziale della FORMULA... – rifletté Emil.

– E la seconda parte è quella citata nel messaggio – intuì Colette. – Astrid deve averla nascosta!

– Ma tutta la faccenda degli *skillingboller* al **TRAMONTO?** – chiese Nicky.

– Lo so, lo so! – intervenne Pamela. – Mi sono preparata, sono dei dolcetti tipici di Bergen!

– Ottimo Pam, ma il messaggio rimane comunque indecifrabile – osservò Nicky.

A quel punto Emil sfoderò un sorriso allegro e al contempo enigmatico: – Indecifrabile sì... **MA NON PER ME!**

Si riparte!

Emil proseguì: – Da quanto intuisco, Astrid aveva deciso di LASCIARMI una copia della sua formula, prima di partire per l'America. Ma poiché la considerava molto preziosa, per maggior sicurezza, invece di mandarmela per intero via posta, scelse di costruire un piccolo ENIGMA.

La mia cara Astrid era appassionata di indovinelli, rebus e soprattutto di cacce al tesoro: scommetto che si è divertita un mondo a creare questo rompicapo organizzando ogni dettaglio.

– Ma tu lo sai a cosa si riferiscono queste parole, vero zio? – domandò Jurgen, un po' impaziente.
– Io e Astrid adoravamo gli *skillingboller*! Tanto che da ragazzini andavamo quasi ogni mattina ad assaggiarne qualcuno alla panetteria Aurora... Ah, ne ricordo ancora il meraviglioso sapore: non l'ho mai più ritrovato!
– Quindi la mappa di cui parla Astrid dovrebbe essere ancora nascosta lì, alla vostra vecchia panetteria! – concluse Nicky.
– È probabile – rispose Emil. – E a questo punto vi devo chiedere un grande favore...
– Di andare a RECUPERARE la formula per te. Vero, zio? – lo anticipò Jurgen.
– Esatto, io sono troppo anziano per mettermi in viaggio di punto in bianco e poi, preferisco non tornare a Bergen, mi assale sempre una gran MALINCONIA. Però non so se posso chiedervi tanto...

– Ma certo! Possiamo aggiungere un'altra tappa al **VIAGGIO NORVEGESE**, non è vero, amiche? – chiese Paulina.

– Sììì! – esclamarono le altre, in coro.

– Benissimo, e io vi ACCOMPAGERÒ, partiremo appena possibile – dichiarò Jurgen.
– Zio, puoi ridarci il messaggio con la prima parte della formula e l'indovinello?
– Se non vi spiace, preferirei conservarli io – rispose il prozio. – E restare qui ad aspettare vostre notizie.
– Ma quelle parole CI SERVIRANNO – provò a insistere Jurgen.
Violet, però, lo interruppe: – È giusto che sia il destinatario a custodire il messaggio di Astrid. Sono sicura che se avremo bisogno di aiuto Emil sarà a DISPOSIZIONE, vero?
– Ma certo, ovviamente – confermò lui. – E ora è meglio che andiate a prepararvi, dovrebbe esserci un pullman che parte per Bergen tra un'ora!
Le Tea Sisters e Jurgen seguirono il consiglio dell'anziano e in poche ore di viaggio arrivarono nella pittoresca città di Bergen,

pronti a scovare la panetteria in cui Astrid ed Emil, tanti anni prima, sgattaiolavano per gustare i DELIZIOSI DOLCETTI.

Ormai si era fatto buio e la città scintillava di calde luci che si riflettevano sull'acqua scura del MARE.
– Dove si trova questa panetteria? – chiese Pam, mentre Paulina e Jurgen consultavano per l'ennesima volta il navigatore satellitare sul TABLET della ragazza.
Fu il ragazzo a rispondere: – Eccola! Si trova nel quartiere di Bryggen, il più suggestivo della città, seguitemi!
Con una breve camminata, il gruppo arrivò al quartiere di cui parlava Jurgen.
Lungo il porto si estendeva una fila di caratteristici edifici di LEGNO, dai tetti spioventi e dalle facciate colorate, vicinissimi gli uni agli altri, come per scaldarsi nella serata

CHE ATMOSFERA...
DOV'È IL POSTO?

invernale. Alle loro spalle, le basse montagne INNEVATE abbracciavano la città.
– Che posto delizioso! – commentò Colette, mentre si avvicinavano all'indirizzo.
– *Ma... com'è possibile?!* – esclamò improvvisamente Paulina, disorientata.
– Che strano, il posto dovrebbe essere qui – disse Jurgen, controllando di nuovo il navigatore. – Sì, l'indirizzo è questo!
– Ma non c'è nessuna PANETTERIA! – commentò Violet.
– Anzi, questo a me sembra un negozio di vestiti – aggiunse Pam. – E di *skillingboller*, nemmeno l'OMBRA!
Gli amici restarono per un attimo interdetti di fronte a quell'imprevisto, poi Paulina si mise a trafficare con il TABLET e dopo qualche istante esclamò: – Ho trovato una notizia online: a quanto pare, la panetteria Aurora ha chiuso alcuni anni fa!

– Oh, no! Siamo arrivati troppo TARDI – sospirò Jurgen. – Questo significa che il viaggio è stato del tutto inutile, e che NON TROVEREMO MAI LA FORMULA!

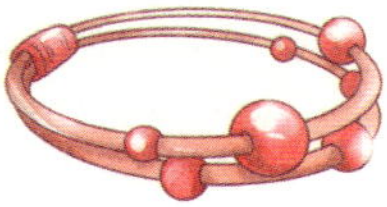

Un vecchio ricordo

I ragazzi rimasero in silenzio, in preda a un momento di **SCONFORTO**, ma poi Nicky si riscosse e propose: – Chiamiamo Emil: lui, forse, potrà darci qualche suggerimento.

– Buona idea! – concordò Paulina.

Quando seppe della **CHIUSURA** della panetteria, Emil sospirò: – È un vero peccato, facevano dei dolci strepitosi! Ma ditemi, all'entrata del palazzo ci sono ancora dei **GRADINI?**

Paulina controllò: – Ce ne sono quattro!

All'altro capo del telefono, Emil disse: – Noi ci siedevamo sempre sul secondo, penso che Astrid abbia nascosto lì la **MAPPA**.

– Controlliamo subito, grazie, Emil! – concluse Paulina. Poi aggiunse: – Ragazze, cerchiamo sotto il secondo gradino!

– Per mille bielle sbiellate, che cosa vuoi dire? Questi sono gradini di pietra... Aspettate, sorelle, c'è qualcosa che si muove, qui!

Tastando il gradino, Pam aveva individuato un punto nella pietra con un tassello mobile. Lo tolse delicatamente e...

– Qui non c'è niente – disse, delusa.

– Fa' vedere! – esclamò Jurgen, quasi scostandola di peso.

Facendosi luce col cellulare, il ragazzo ILLUMINÒ la piccola nicchia di pietra: – Ecco! C'è un'incisione...

– Che cosa dice? – chiese Colette, avvicinandosi.

– 'Dove mi regalasti il braccialetto'.

– Eh? Che cosa vuol dire? – commentò Nicky.
– Che il gioco di indovinelli di Astrid non è ancora finito – rispose Violet. – E che è meglio richiamare subito Emil!
Quando gli raccontarono della scritta incomprensibile che avevano trovata incisa sotto al GRADINO dell'ex panetteria, Emil rimase in silenzio alcuni secondi, prima di esclamare: – Ma certo, Røst!
– Intendi l'isola delle Lofoten, zio? – domandò Jurgen.
– Proprio così, caro nipote. Durante una vacanza in quel luogo, regalai ad Astrid un BRACCIALETTO rosa, che da allora lei non tolse più.
– Che romantico... – sospirò Colette.
– Benissimo, raggiungiamo SUBITO Røst, allora! – esclamò Pam.
Jurgen scosse la testa con aria seria: – Non è così semplice, le Lofoten sono un arcipelago

che si trova all'estremo nord, oltre la linea del CIRCOLO POLARE ARTICO!

– Farà freddissimo lassù – gemette Violet, saltellando per scaldarsi.

– Sì, ed è molto lontano – continuò Jurgen.

– Se volete tornare a Topford vi capisco, non c'è PROBLEMA, posso andarci da solo e...

– Non se ne parla nemmeno! – lo interruppe Colette. – Non ti lasceremo solo. E poi vogliamo aiutare Emil a ritrovare l'ultimo regalo della sua AMICA PERDUTA!

– Hai ragione, Cocò! – le fece eco Nicky.

Jurgen fece un piccolo sospiro rassegnato:

– Quand'è così... Cerchiamo un posto per la notte. Studierò un modo per raggiungere Røst il PRIMA POSSIBILE.

Jurgen trovò un confortevole albergo poco lontano e, dopo un'abbondante cena, gli amici si diedero la buonanotte e raggiunsero le loro stanze.

Colette e Nicky dividevano una graziosa mansarda con grandi finestre da cui entrava la luce delle stelle e della luna.

– Ah... – sospirò Colette.

– Nemmeno tu riesci a dormire, Cocò? – le chiese l'amica. – Forse è perché è ancora presto, o perché **non siamo abituate** alla luce del cielo notturno...

– Non è per la luce, continuo a pensare alla storia di Astrid ed Emil... Dovevano volersi davvero **molto bene**: lui le regalò un braccialetto che lei non tolse mai più, non è una cosa che fa venire il **batticuore?**

– Sì, era una bella amicizia, ma se ti devo dire la verità, io invece continuo a rimuginare sul comportamento di Jurgen...

– Jurgen? E perché? – la interrogò Colette.

– Non lo hai trovato un po' **STRANO**, oggi? – chiese Nicky. – Prima voleva farsi dare il biglietto di Astrid a tutti i costi, poi sembrava quasi che volesse continuare il viaggio da solo...

– Ma no, secondo me

STAI ESAGERANDO! Jurgen è molto gentile e non vuole che ci stanchiamo, tutto qui – la rassicurò l'amica.

– Forse hai ragione – si convinse Nicky. – Ora proviamo a dormire?

– Buonanotte chérie! – bisbigliò Colette.

– E sogni d'oro!

Prima che potessero scivolare finalmente nel sonno, però, un improvviso colpo alla porta le riscosse.

– Hai sentito anche tu? – sussurrò Colette.

– Qualcuno ha **BUSSATO!** – rispose Nicky.

– Chi è? – chiesero in coro.

– Sorelle! Sbrigatevi, non c'è tempo! – esclamò Pam, aprendo la porta. – Fate i bagagli e CORRETE di sotto!

– Pam, ma stai bene? Sono quasi le dieci di sera! – replicò Nicky.

– Appunto! Siamo in ritardo, la nostra nave parte TRA POCHISSIMO! – replicò concitata Pam.

– Ritardo? Nave? Quale nave?! – chiese Colette, sempre più perplessa.

Per tutta risposta, Pam si avvicinò alla finestra e INDICÒ un punto preciso del porto: – Quella laggiù! E se non ci diamo una mossa... la perderemo!

Colette e Nicky notarono una grande nave a più piani che stava CARICANDO merci e passeggeri e si scambiarono uno sguardo sbigottito. Pam, nel frattempo, era già sparita giù per le scale dell'albergo.

– Qualsiasi cosa stia succedendo, direi che è meglio fare come ha detto Pam – disse Colette.

– E anche in fretta!!! – replicò l'amica, iniziando a fare i bagagli.

SOGNI D'ORO TRA LE ONDE

Nell'ingresso ormai deserto dell'hotel, Nicky e Colette ritrovarono Pam e Jurgen, che le accolsero con un gran SORRISO.

– A quanto pare, hai trovato un modo per raggiungere Røst, anche se un po'... tardi! – gli disse Nicky.

– Sì! PERCORREREMO la strada statale numero 1 – rispose il ragazzo.

– Strada statale? Ma... non dovevamo prendere una nave? – chiese Nicky, confusa.

Jurgen ridacchiò: – La strada statale numero 1 è una VIA D'ACQUA! Collega Bergen a Kirkenes, a nord.

– Quindi, avevamo capito bene: sarà quel

gigante bianco e rosso a portarci alle isole Lofoten – concluse Colette, mentre anche Violet e Paulina PORTAVANO giù i loro bagagli.

– Yawn... Mi ero appena addormentata... – biascicò Violet.

– Forza, dormirai a bordo dell'Hurtigruten! – la incitò Jurgen.

– La nave si chiama così? – chiese Nicky.

– NON È UNA NAVE QUALUNQUE, è il postale dei fiordi. Nacque alla fine dell'Ottocento per trasportare la posta, ma in seguito divenne anche una nave turistica – spiegò l'amico. – Ci porterà alla meta in poco più di due giorni, ma sta per SALPARE e dobbiamo fare in fretta.

– Tranquillo fratello, siamo pronte! – esclamò Pam.

– Benissimo, ANDIAMO, ALLORA – concluse lui.

Come in un sogno, nel giro di un'ora le Tea Sisters passarono dal letto dell'albergo di Bergen a una **cuccetta** in mezzo al mare della Norvegia!

– Che emozione! Adoro dormire cullata dalle onde – bisbigliò Paulina, affondando nel **morbido materasso** della cabina che divideva con due delle quattro amiche.

– Contenta tu... – sospirò Nicky. – A me l'idea di stare chiusa qui dentro non rende particolarmente **FELICE**.

– Dai, Nicky... Lo so che non ti piacciono gli spazi chiusi, ma fuori c'è il mare aperto! – provò a consolarla Paulina.

– È vero, sorella – ribadì Pam. – E poi pensa ai paesaggi magnifici che vedremo navigando! Io sono super sicurissima che sarà un'esperienza **INDIMENTICABILE!** E per renderla ancora più speciale, dato che ormai sono completamente sveglia, quasi quasi andrei a

VEDREMO PAESAGGI BELLISSIMI!
PENSA AL MARE APERTO!

farmi uno spuntino! Secondo voi il ristorante di bordo **È APERTO**, a quest'ora?

– Sarà meglio aspettare domani – ridacchiò Paulina. Poi aggiunse: – Ora invece riposiamoci, al risveglio ci aspetta...

UN GRANDE VIAGGIO!

Appena in tempo!

L'indomani, le Tea Sisters vissero un risveglio DAVVERO SPECIALE.

Si erano abbandonate a un sonno profondo, con il mare a fare da culla, e una volta riaperti gli occhi ci misero un po' a ricordarsi dove si trovavano.

– Per mille bielle sbiellate! Allora non era un sogno, ci siamo imbarcate davvero! – esclamò Pam, svegliandosi all'interno della cabina.

– Non vedo l'ora di uscire sul ponte! – trillò invece Nicky, balzando fuori dal letto e iniziando a vestirsi. – Ho voglia di sentire l'ARIA fresca del mare sulla pelle!

– Ragazzeee! Siete sveglieee? – chiese una vocina squillante oltre la porta.
– È Cocò! Arriviamo! – disse Paulina.
Pochi minuti dopo, le amiche e Jurgen si ritrovarono nella SALA RISTORANTE.
Oltre i tavoli, limpide vetrate si affacciavano su uno straordinario panorama di neve, montagne e GHIACCIO scintillante.
– Oooh, ma è meraviglioso! – esclamò Colette, estasiata.
– Sì, è proprio... yawn... incredibile – disse Violet, scrollando via i residui di sonno.

Persino Pam, che di solito a quell'ora riusciva a pensare solo a mettere qualcosa sotto i denti, rimase per qualche istante a bocca aperta davanti a quello scenario magico.

– Spettacolare, vero? – commentò Jurgen, sorridendo.

Violet, che stava esaminando una **MAPPA** della navigazione, disse: – Sapete che il viaggio per intero comprende più di trenta tappe?

– Noi però ne faremo solo **UNA PARTE** –

rispose Jurgen. – Tra un paio di giorni scenderemo a Bodø, e da lì raggiungeremo Røst...

Poi cominciarono a **PIANIFICARE** le tappe, a cominciare dal primo scalo importante in programma, ovvero Ålesund.

– Adesso è prevista una sosta di diverse ore, **CHE NE DITE DI VISITARE LA CITTÀ?** – propose Jurgen.

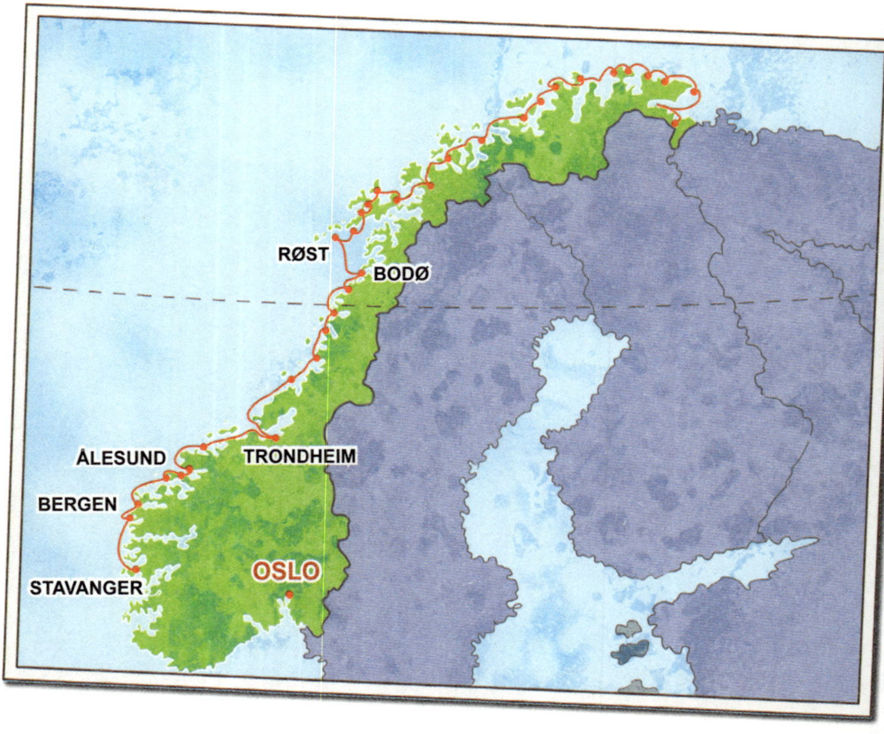

– Ottima idea! Ma copriamoci bene – si raccomandò Colette.
Mentre CAMMINAVANO per le vie della graziosa cittadina, Jurgen si mise a raccontare: – Ålesund è famosa per la sua architettura Art Nouveau*...
– È vero! Guardate quel palazzo bianco laggiù! – esclamò Paulina, INDICANDO un elegante edificio con torrette rotondeggianti dai tetti a forma di cono.
– A me invece piace quel...
Ma prima che Colette potesse finire la frase, Jurgen la interruppe: – Ragazze, ho avuto un'idea. Visto che vi piace così tanto l'architettura della città, perché non raggiungete un punto panoramico per ammirarla dall'ALTO? Tanto mancano ancora diverse ore prima della partenza.
– Che idea fantastica, io adoro i punti panoramici! Guidaci tu! – propose Colette.

* Si tratta di uno stile architettonico e decorativo, caratterizzato da linee sinuose ed eleganti e motivi floreali e vegetali.

– In realtà, io... – esordì Jurgen. – Vorrei cercare un vecchio amico che abita qui.
Vi dispiace andare da sole? Vi spiego dov'è.
– Certo che no, fai pure. A che ora dobbiamo TORNARE alla nave? – chiese Nicky.
– Alle tre e mezza – rispose il ragazzo e poi diede loro le indicazioni per raggiungere il belvedere Fjellstua.
Le amiche si misero in marcia e ben presto arrivarono alle pendici di una collina, che risalirono LENTAMENTE. Dopo una ventina di minuti, la fatica fu ripagata: da lassù la vista era davvero spettacolare.
– Chiediamo a qualcuno di farci una foto? – propose Nicky, fermando un TURISTA.
Subito dopo lo scatto, però, Colette iniziò a lagnarsi: – Qualcuna ha qui un burro cacao o un lucida labbra? Me li sono dimenticati sulla nave e con questo freddo la bocca mi si sta SCREPOLANDO!

– No Cocò, io non ho niente... Ma in effetti, forse non ci stiamo PROTEGGENDO abbastanza il viso – replicò Paulina, tirandosi la sciarpa fino al naso.

– Anche se abbiamo ancora un'ora, che cosa ne dite di tornare alla nave? Io ho FREDDO, e senza burro cacao...

– Va bene, Cocò – disse Pam. – Anche a me sembra una buona idea, vorrei anche fare uno SPUNTINO al bar del postale!

Le amiche si rimisero in marcia e tornarono **IN FRETTA** al porto.

– E se invece lo spuntino lo facessimo qui? Forse possiamo assaggiare qualche specialità locale, prima di rimetterci a navigare. Abbiamo ancora mezz'ora – propose Pam.

– A dire la verità, io sono **UN PO' STANCA** – rispose Violet. – Preferirei tornare a bordo.

– Sì, anch'io – le fece eco Paulina.

E così, dopo un ultimo sguardo a quella bella cittadina, le Tea Sisters risalirono sulla nave.

– Chissà se Jurgen ha **TROVATO** il suo amico – si chiese Colette.

– Appena torna glielo chiediamo... Ma che succede? **LA NAVE STA PARTENDO!** – strillò Nicky.

– Ma sono solo le tre... – osservò Violet, confusa. – Jurgen dev'essersi sbagliato!

– Oh, no! Non sarà rimasto a terra?! – si preoccupò Colette.

– Speriamo di no! Meglio dare un'OCCHIATA in giro, potrebbe essere già salito anche lui – le rispose Nicky.

– CI RIVEDIAMO QUI TRA DIECI MINUTI!

Le ragazze si separarono e cercarono l'amico nei vari ambienti della nave: il ponte all'aperto, il bar ristorante, le sale...

Nicky, intanto, si era recata nel posto più ovvio: la cabina di Jurgen.

Nella concitazione, spalancò la porta senza bussare, ed ecco che le apparve Jurgen, TRANQUILLAMENTE seduto sul suo lettino, intento a leggere una rivista scientifica.

– Meno male, sei qui! – esclamò Nicky.

– Eh? Ma che...?! – biascicò il ragazzo, colto di sorpresa.

– Eravamo PREOCCUPATE! – proseguì

Nicky. – Ti sei sbagliato sull'orario di partenza, per **fortuna** noi abbiamo deciso di rientrare prima, ma pensavamo che tu fossi rimasto a terra!

– No, no, sono tornato **PRIMA** anch'io – replicò Jurgen.

– E il tuo amico, invece, come sta? – si informò Nicky.

– Amico? Di chi parli? – rispose il ragazzo, aggrottando la fronte.

– L'amico che non vedevi da tempo e volevi incontrare ad Ålesund! – suggerì Nicky.

– Ah, certo, lui! NO, NON C'ERA, così sono rientrato...

– Beh, meglio così – concluse la ragazza, un po' PERPLESSA.

PAUSA SULLA NEVE

Il postale proseguì il suo viaggio, compiendo altre SOSTE, ma le Tea Sisters e Jurgen preferirono restare a bordo.
Alle sei del mattino seguente, Nicky, Paulina e Pam furono svegliate dal rumore delle operazioni di ATTRACCO: la nave era arrivata a Trondheim, una città norvegese situata un po' più a nord.
– Varrà la pena fare una visita alla città? – chiese Nicky.
– Ho altri PROGRAMMI – replicò Paulina. – Vi porto a sciare!
– A sciare? Ti si è fuso il motore, sorella? – chiese Pam, divertita.

– Emil mi ha mandato una mail – spiegò Paulina. – Mi ha detto che qui a Trondheim ci sono delle **BELLE PISTE DA SCI** vicinissime alla città... lui ci veniva spesso, quando era giovane!

– Ma non abbiamo l'attrezzatura, né il tempo! – obiettò Nicky.

– Tranquilla, ho controllato – rispose l'amica.

– La nave starà ferma **SEI ORE**, e possiamo affittare tutto l'occorrente per fare una bella sciata!

– Fantastico, sorella! **ANDIAMO, ALLORA!**

Colette e Jurgen non furono entusiasti della proposta sciistica e scelsero di fare una passeggiata in città.

Per quanto riguarda Violet, a giudicare dai

grugniti che emetteva dalla sua cuccetta, preferiva restare a dormire un altro po'.

– Eccoci, amiche: quella è la navetta per le piste – disse Nicky alle altre una volta a terra, indicando un bus poco lontano, che aveva come destinazione il Vassfjellet Skisenter, un famoso impianto sciistico.

Dopo pochi chilometri, le ragazze arrivarono alle piste, affittarono l'attrezzatura necessaria e si prepararano a qualche ora di super divertimento sulla neve.

Davanti ai loro **OCCHI** si aprivano ampie distese bianche punteggiate di grandi abeti innevati, con qualche altro sciatore che scendeva **SINUOSAMENTE** a valle.

Nicky inspirò l'aria frizzantina e commentò:

– Emil ci ha dato un consiglio fantastico:
ARIA PULITA, SPAZI APERTI E SPORT!
Non potrei essere più felice di così!
– La Norvegia è un posto fantastico! – aggiunse Pam, sistemandosi con cura il caschetto che le proteggeva la testa. – E adesso venite a PRENDERMI, sorelle!
E con quelle parole, si slanciò sulla pista, seguita a ruota dalle amiche.
Nicky, che amava gli sport invernali ed era una sciatrice MOLTO ESPERTA, in un attimo superò Pam, sfrecciando in testa.
Quando la raggiunse in fondo alla pista, Pam le disse ansimando: – Sei troppo veloce, sorella... Io e Pilla siamo due lumache, al confronto!
Nicky scoppiò a RIDERE: – Ve la cavate benissimo invece! E poi, la cosa più bella non è andare veloce, ma godersi la discesa e questo meraviglioso paesaggio!

PISTAAA!
CHE BELLO!!!

Yuhuuu!

Dopo qualche ora di spensieratezza sulle piste, le tre amiche RESTITUIRONO sci, scarponi e caschi e tornarono all'Hurtigruten. Stavano per salire a bordo, quando si accorsero di una figura in lontananza, così carica di pacchi che si faticava a capire chi fosse.

– Sbaglio, o quella... – esordì Paulina.

– È Cocò? – continuò Nicky.

– E ACCANTO a lei c'è Vivì! – aggiunse Pam.

– Ragazze, ci dareste una mano, per favore? – chiese Violet.
Nicky scattò in avanti e prese al volo un pacchetto che stava CADENDO dalla pila che reggeva Colette.
– Ma che cosa avete combinato? – chiese Paulina ridacchiando.
– Abbiamo fatto un po' di shopping! – rispose Colette, con tono innocente. – Da queste parti vendono bellissimi abiti e accessori di lana... e fidatevi, alle Lofoten ne avremo bisogno!
– Questo è vero, ma... – commentò Paulina.
– Quella è una scatola di scarpe eleganti, o sbaglio?
– Ehm... in effetti sì, erano irresistibili! – rispose Colette.
Paulina concluse: – Va bene, adesso sbrighiamoci a salire, prima che il postale ci lasci qui! Ma... Jurgen dov'è?

– È già SALITO, lo shopping non lo entusiasmava – spiegò Colette.

Una volta a bordo le Tea Sisters si riunirono a Jurgen per il PRANZO.

– Allora, com'è andata la sciata? Vi siete divertite? – domandò il ragazzo.

– Sì, molto! Il tuo prozio ci ha dato un ottimo consiglio! – rispose Nicky.

PLIN PLIN

– Proprio quando si parla di lui... – commentò Paulina, consultando il tablet. – Emil ci ha mandato un messaggio, GUARDATE!

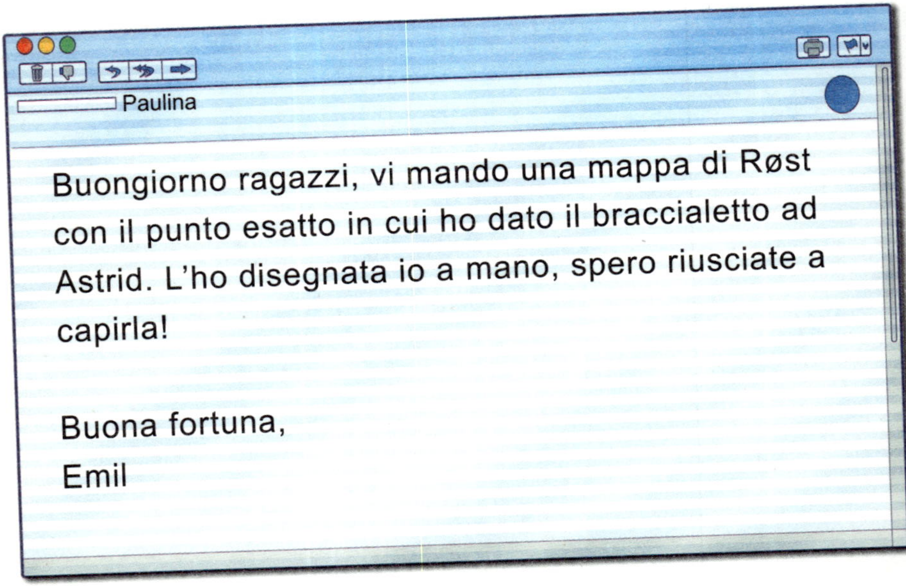
Paulina

Buongiorno ragazzi, vi mando una mappa di Røst con il punto esatto in cui ho dato il braccialetto ad Astrid. L'ho disegnata io a mano, spero riusciate a capirla!

Buona fortuna,

Emil

Tutti avevano ricevuto la stessa mail, con la **MAPPA** in allegato.

– Io non riesco a scaricare l'allegato, dal mio cellulare – commentò Colette.

– Nemmeno io! – disse Jurgen.

– NON PREOCCUPATEVI – rispose Paulina sorridendo. – Con il mio tablet dovrei riuscirci ma l'ho lasciato in cabina, ci proverò più tardi con calma e concentrazione.

– Benissimo, sorella! – disse Pam. – Adesso, però, propongo di concentrarci su un bel dessert!

Un piccolo enigma

Il pomeriggio sulla nave trascorse tra riposo e letture, nell'attesa di ARRIVARE a destinazione, l'indomani.

Quella sera, durante la cena, Jurgen chiese a Paulina: – Alla fine sei riuscita a scaricare la mappa che ci ha MANDATO Emil?

– Sì, certo! – rispose lei. – Ci ho messo un po' perché il documento era pesante e la connessione qui in mezzo al mare non è delle migliori... ma alla fine non è stato TROPPO DIFFICILE.

– Devi sapere che la nostra amica è un vero genio dell'informatica, fratello! – commentò Pam, RIDACCHIANDO.

– Amici, ma sbaglio o siamo rimasti soli in questa sala? – si intromise Paulina, guardandosi intorno.
– È vero... si direbbe che TUTTI siano saliti sul ponte – rifletté Violet.
– Chissà come mai... Andiamo a vedere? – propose Nicky.
Una volta salite, capirono immediatamente perché tutti i PASSEGGERI si erano riuniti all'aperto. Il cielo era invaso da uno spettacolo che lasciava senza fiato: scie di una irreale LUCE VERDE sembravano fluttuare nella notte come per magia, riempiendo l'atmosfera di immense sfumature luminose viola, azzurre e gialle.
– È l'**AURORA BOREALE!** – esclamò Colette, estasiata.
– Che spettacolo unico – mormorò Nicky, con il naso all'insù.
Le ragazze rimasero a contemplare il gioco di

CHE SPETTACOLO UNICO!
È L'AURORA BOREALE!

luci finché il FREDDO non divenne troppo pungente.
– Comincio a essere un po' intorpidita e stanca – disse Violet.
– Sì, forse è meglio andare a dormire – concordò Colette. – Dov'è finito Jurgen?
– Sarà RIDISCESO in cabina, però è strano che non ci abbia dato la buonanotte! – commentò pensierosa Paulina.
Quando raggiunsero le loro cabine, però, le Tea Sisters ebbero una SORPRESA:
Jurgen era lì, chino sui loro zaini!
– Che cosa ci fai qui? – chiese, stupita Nicky.
L'amico si voltò di scatto, stranito: – Ecco, io... cercavo un libro, ho finito quelli che avevo con me. Non... non volevo disturbarvi mentre ammiravate l'aurora boreale.
– Okay, ma non lo troverai lì, li teniamo tutti insieme in questa sacca. Ecco, che tipo di libro vuoi?

– MAH, UNO QUALUNQUE – borbottò lui a mezza voce.

– Ma no, scegli pure con calma – disse Nicky.

Così, mentre Jurgen ESAMINAVA i libri delle Tea Sisters, Paulina prese il tablet dallo zaino e si sedette sul letto.

– Voglio farvi vedere la MAPPA che ci ha inviato Emil. Ma... che strano...

– Che cosa succede, Pilla? – chiese Pam.

– Sembra che i miei programmi di protezione siano stati FORZATI! Come se qualcuno avesse cercato di utilizzare il tablet in mia assenza!

Nicky la guardò stupita: – Ma sei sicura? È una cosa STRANISSIMA!

– Sono super sicura... Jurgen, tu hai visto qualcuno da queste parti?

– Effettivamente... ora che mi ci fate pensare, quando sono arrivato nella cabina per cercare il libro mi è sembrato di vedere una strana figura che si ALLONTANAVA in tutta fretta!

– Ma a chi può interessare il tuo tablet? – si chiese Pamela, grattandosi la testa con l'aria decisamente PERPLESSA.

– Non ne ho idea, forse qualcuno ha sbagliato cabina e pensato che fosse il suo tablet? – ipotizzò Paulina.

– Non è del tutto impossibile – ammise Nicky. – Ma non mi convince...

– Trovato! – esclamò Jurgen, sollevando un piccolo libro giallo. – Grazie mille, ragazze. Io vado a leggere un po' e poi dormo, vi consiglio di fare altrettanto: ricordatevi che domani ci aspetta l'ultima fase della nostra **MISSIONE!**

– Jurgen ha ragione, lasciamo perdere i piccoli **MISTERI** e concentriamoci su quel che affronteremo a Røst! – concluse Paulina, mettendo via il tablet.

Ce l'abbiamo quasi fatta!

A mezzogiorno e mezzo dell'indomani, le Tea Sisters e Jurgen sbarcarono a Bødo, la tappa più vicina alla loro meta finale.

– Abbiamo già SORPASSATO il Circolo polare artico*, vero? – chiese Violet.

Jurgen confermò: – Le isole Lofoten si trovano molto a nord, ed è iniziata la stagione della NOTTE POLARE: il sole è visibile per pochissime ore al giorno.

– Notte polare? Eppure, il cielo non è buio come di notte, adesso – osservò Nicky, ammirando le luci delicate che tingevano l'azzurro chiarissimo del cielo di calde tonalità rosate.

* Il Circolo polare artico è il parallelo che corre subito al di sotto del Polo Nord.

– In questo periodo dell'anno ci sono un paio d'ore di luce, quando il SOLE sorge – spiegò ancora Jurgen. – Più avanti, tra la fine di

Il sole di mezzanotte e la notte polare

Il Circolo polare artico è una linea immaginaria che corre parallela all'equatore, ma molto più a nord, vicino al Polo! Nelle vicinanze del Circolo polare artico, si verificano due fenomeni unici: nei mesi estivi, il sole resta sempre visibile e non tramonta mai, è il cosiddetto sole di mezzanotte. Nei mesi più freddi, invece, accade il contrario: il sole non sorge mai, e per 24 ore la notte avvolge ogni cosa. Tuttavia non cala il buio totale, nel cielo è sempre diffusa una luce simile al crepuscolo.

dicembre e l'inizio di gennaio, il sole non sorge, ma il cielo non è mai completamente BUIO.

– E poi, di notte c'è l'aurora boreale a illuminare il cielo con le sue romantiche luci colorate – sospirò Colette.

– Giusto, ma adesso SBRIGHIAMOCI – tagliò corto Jurgen.

– Dobbiamo prendere un'altra nave, giusto? – si informò Paulina.

– Sì, e poi saremo finalmente a Røst. – annuì il ragazzo.

Dopo qualche ora di traghetto, il gruppo APPRODÒ a destinazione: un arcipelago di piccole isole dall'aria selvaggia, che sembravano sassi lanciati sulla superficie blu del mare dalla mano di un GIGANTE.

Una volta a terra, Paulina individuò un angolo riparato ed estrasse il tablet dallo zaino per ingrandire il più possibile la mappa.

– Dobbiamo fare molta attenzione a seguire le INDICAZIONI di Emil, queste isolette sono piccole ma è facile perdersi! – disse, senza alzare gli occhi dallo schermo.

– Che bella la neve... – commentò invece Colette, sistemandosi guanti e sciarpa. – Oltre tutto, fa molto meno FREDDO di quanto mi aspettassi!

– Ho letto che le Lofoten hanno un clima piuttosto mite, per essere così a nord, per via di una corrente che MITIGA IL FREDDO – spiegò Violet.
Paulina, intanto, continuava a studiare la mappa e dopo un po' concluse: – Okay, ho capito. Seguitemi!
Il gruppo si mise in marcia sotto una lieve nevicata, in SILENZIO. Ormai erano vicini alla meta: tra poco avrebbero ritrovato la formula di Astrid!
Dopo una camminata, giunsero a una piccola baia, dove sorgeva una CASETTA ROSSA di legno costruita su delle palafitte, con il tetto ricoperto di neve.
– Che posto delizioso! – esclamò Colette.
– So che da queste parti, d'estate, si possono vedere intere colonie di pulcinelle di mare – disse Nicky. – Avete presente? Quegli uccelli marini, simili a piccoli pinguini...

DOVE DOBBIAMO CERCARE?
DOVREBBE ESSERE DA QUESTA PARTE...

– Sì, ma non perdiamo tempo – intervenne bruscamente Jurgen. – Dov'è il punto in cui lo zio regalò all'amica il braccialetto?
– DOVREBBE ESSERE QUI, da qualche parte, ma la mappa non è abbastanza dettagliata – spiegò Paulina.
– Dammi qua – esclamò stizzito Jurgen, prendendole di mano il tablet. – NON SI CAPISCE NIENTE, chiamo subito zio Emil.
Jurgen estrasse il cellulare dalla tasca e dopo qualche squillo Emil rispose.
– Zio? Ci sei? Siamo arrivati alla casetta rossa, dove dobbiamo cercare? Aspetta, non sento bene... QUANTI PASSI?
Poi si rivolse alle ragazze: – Dice che è sulla riva, a dieci passi dalla casetta in direzione del faro.
Paulina corse a contare i passi e si fermò davanti ad alcuni SCOGLI: – Ci sono! Dove devo guardare?

Ma a quel punto Jurgen mise via il telefono frettolosamente, e con un tono di voce insolitamente freddo e tagliente le intimò, tra i denti: – **RESTA FERMA DOVE SEI**.

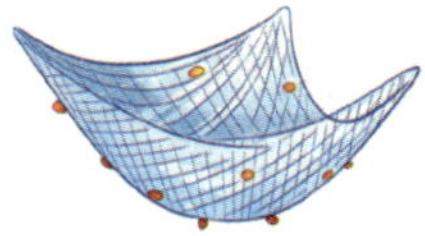

IL VOLTAFACCIA

Paulina si bloccò sul posto, stupita: – Scusa, come dici?

– **DICO DI NON TOCCARE NIENTE!**

È il momento che voi Tea Sisters vi facciate finalmente da parte!

E con quella frase perentoria, Jurgen si slanciò verso lo scoglio, ***AVVENTANDOSI*** sul punto indicato da Emil e facendo perdere l'equilibrio a Paulina.

– Pilla! Attenta! – gridò Nicky, raggiungendo l'amica che vacillava a precipizio sul mare.

Alcuni SASSI si smossero sotto i suoi piedi e finirono in acqua, mentre lei mulinava le braccia per rimanere in piedi.

– Presa! – esclamò Nicky, raggiungendola e AFFERRANDOLA saldamente per i fianchi.

Subito, anche le altre le furono intorno.

– Stai bene, sorella? – chiese Pam.

– Che spavento! – esclamò Violet.

– Ed è tutta colpa sua – aggiunse incredula Colette, indicando Jurgen che, nel frattempo, frugava con foga tra le pietre, cercando di INDIVIDUARE il tesoro di Astrid.

– Jurgen! Per favore ora smettila e dacci una **SPIEGAZIONE** – gli intimò Nicky.

Il ragazzo, per tutta risposta, fece una risata: – State alla larga e lasciatemi recuperare la formula in pace, ve lo consiglio.

– Ma... ma... – balbettò Colette. – Come sarebbe?

Invece di risponderle, Jurgen sbuffò: – Non trovo nulla!

– *Per mille bielle sbiellate*, ma perché ti comporti così? – chiese Pam. – Noi dobbiamo ritrovare la formula insieme!

– NIENTE AFFATTO – replicò il ragazzo. – Io devo ritrovare la formula, e voi non provate a ostacolarmi, altrimenti sarò costretto a mettervi **KO!**

– Io non credo proprio che lo farai – esclamò all'improvviso una voce femminile, e contemporaneamente una grossa rete sbucata dal nulla volò fino a Jurgen, INTRAPPOLANDOLO.

– Ma che cosa...?! – protestò il ragazzo, tentando di scrollarsi di dosso la pesante rete da pesca.

Dalla CASETTA ROSSA era uscita un'anziana signora che indossava abiti da pescatore e aveva un'aria molto determinata.

– Non so che cosa credi di fare, ragazzo, ma a me i prepotenti non piacciono affatto – dichiarò la signora, prima di passare alle Tea Sisters un mucchio di CORDE.

– Forza, datemi una mano. È meglio che il vostro amico se ne stia buono per un po' – disse, invitando le cinque a immobilizzare Jurgen con l'aiuto delle corde.

Ancora INTRAPPOLATO sotto la rete, il ragazzo non riuscì a divincolarsi e le Tea Sisters lo immobilizzarono.

– TUTTO QUESTO È RIDICOLO! – esclamò lui, furente. – Slegatemi immediatamente!
– No di certo! – esclamò Paulina. – Ti sei comportato in modo IMPERDONABILE.
– Ci devi dare un bel po' di spiegazioni – aggiunse seria Violet. – Perché all'improvviso hai cambiato atteggiamento dicendo tutte quelle cattiverie? Con la tua mossa avventata hai rischiato di far cadere Paulina nell'acqua gelida!

A quelle parole Jurgen parve calmarsi: – Io... mi dispiace, ho **ESAGERATO**. Non intendevo fare del male a nessuna di voi.

– Non è l'impressione che ho avuto io dalla **FINESTRA**, giovanotto – commentò duramente l'anziana, a braccia conserte davanti a Jurgen. – Se hai delle spiegazioni per queste signorine, che mi sembrano molto *gentili* e *serie*, sarà meglio che siano convincenti.

Così le Tea Sisters e Jurgen si sedettero sugli **SCOGLI** e l'anziana signora chiese al ragazzo di raccontare ciò che era accaduto...

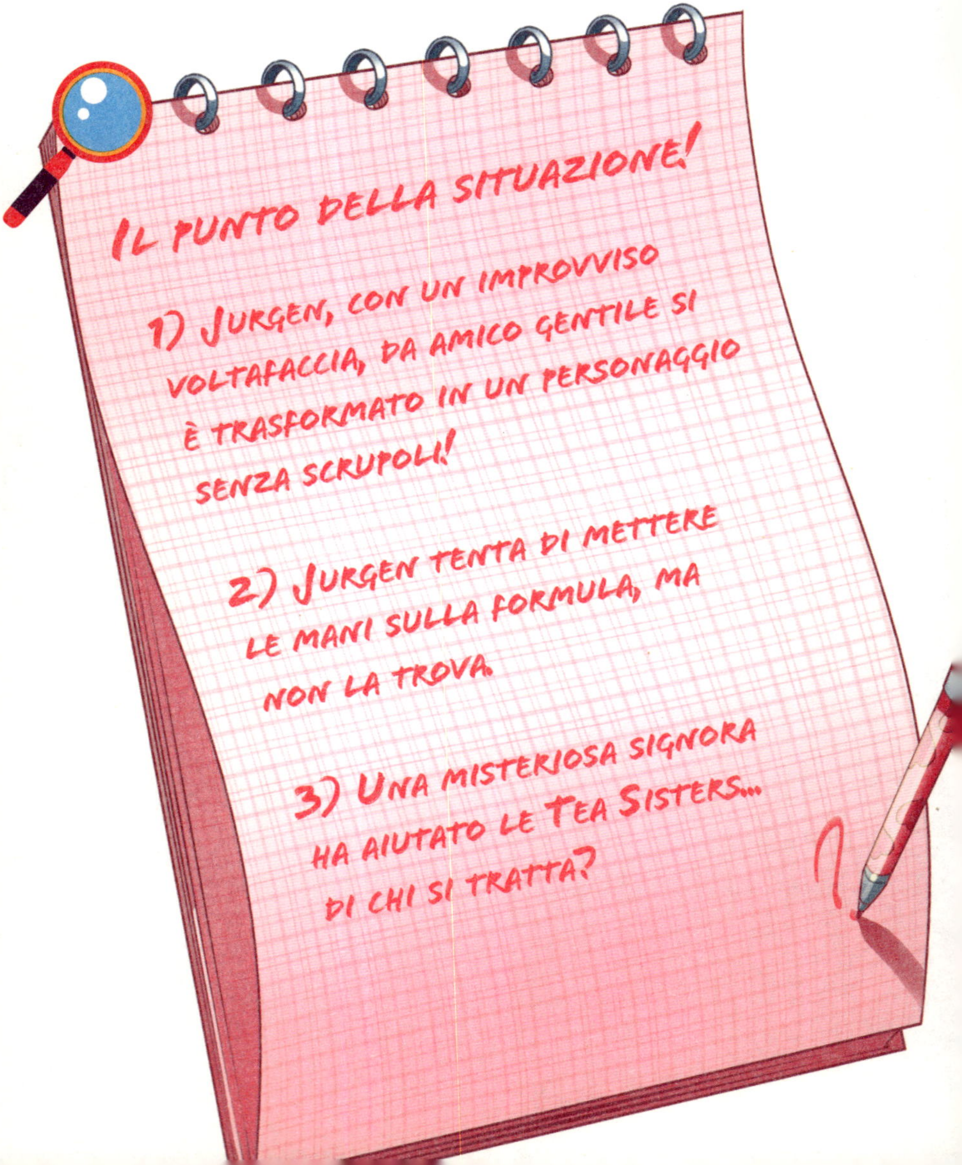

Una lunga confessione

Jurgen fece un sospiro e cominciò a spiegare:
– All'inizio volevo solo aiutarvi e rivedere lo zio, a cui sono molto **affezionato**, per questo vi ho accompagnato a Flåm.
– Ma poi le cose sono cambiate, vero? – lo anticipò Violet in tono tagliente.
– Quando ho sentito parlare della formula segreta per ricavare **ENERGIA** mi sono interessato alla ricerca e ho pensato che avrei dovuto tentare di impossessarmene.
– Ma... **NON CAPISCO**, anche noi volevamo recuperare la formula, per far felice tuo zio e onorare la volontà della sua amica. Qual era il tuo obiettivo, invece? – chiese Colette.

Jurgen abbassò il capo: – C'è un'azienda di combustibili che collabora con la fondazione Astera. Io... ho pensato di **vendere** a loro la formula per ricavarne un guadagno.

– Non posso crederci, sei venuto fin qui solo per **AVIDITÀ?!** – esclamò Nicky, con un tono che mescolava incredulità ed esasperazione.

– Mi dispiace, ma quando ho sentito la storia della formula ho pensato che per la prima volta stavo per **METTERE LE MANI** su qualcosa di importante!

– Credevamo che fossi nostro amico – disse Colette, con gli occhi lucidi. – E invece...

– Ci hai solo usate per arrivare alla formula **LASCIATA** da Astrid! – concluse Paulina.

– Ho cercato in tutti i modi di farvi rinunciare alla missione! – protestò Jurgen. – Non volevo certo arrivare a questo punto...

– Ora capisco – rifletté Violet, sedendosi su un sasso. – Ci hai detto **APPOSTA** l'orario sbagliato della partenza del postale, ad Ålesund... Tu volevi che rimanessimo a terra!

– Per arrivare qui prima e cercare la formula **indisturbato** – continuò Paulina, in tono amaro. Poi aggiunse: – E sei stato sempre tu a manomettere il mio tablet, per studiare da solo la mappa di Emil!

CI HAI DETTO L'ORARIO SBAGLIATO...

– Sì, volevo trovare il modo di depistarvi e raggiungere la meta da solo – ammise infine Jurgen. – Non avevo nessun amico da TROVARE ad Ålesund, e non ho visto nessun passeggero aggirarsi con fare misterioso ATTORNO alla vostra cabina.

Colette scosse la testa:

– Quante bugie Jurgen...

Violet, invece, alzò lo sguardo e OSSERVÒ la signora del posto, che aveva ascoltato tutta la confessione e ora aveva una strana luce negli occhi. Rivolgendosi alla signora,

HAI MANOMESSO IL TABLET DI PAULINA...

Violet disse: – Ci scusi, deve sembrarle tutto molto STRANO...

– Oh, è evidente che siete le protagoniste di una storia avvincente – rispose l'anziana, con uno strano SORRISO. – Ma la prima domanda che ho per voi è: che cosa volete fare, con questo giovanotto?

Le Tea Sisters guardarono Jurgen, ancora infagottato nelle RETI e con la testa bassa.

Il ragazzo mormorò qualcosa.

– Che cosa stai dicendo? – domandò Nicky.

– MI DISPIACE... – bisbigliò lui.

– Cosa? Non abbiamo capito – ripeté Colette.

– Mi dispiace, ragazze, ho sbagliato. Non avrei mai dovuto ingannarvi. Io... volevo fare qualcosa d'importante, e ho pensato che la formula fosse l'opportunità giusta.

– Ma quella formula **NON È TUA!** È di Astrid, e lei l'ha lasciata a Emil, che si è fidato di te! – protestò Paulina.

– Sono davvero dispiaciuto, parlerò con lo zio Emil, chissà se potrà... anzi, se potrete mai PERDONARMI.

– Al momento siamo troppo deluse – disse Violet. – Dovrai dimostrare di esserti pentito, soprattutto dovrai dimostrarlo al tuo prozio.

– Penso che sia meglio se ora torni a Oslo – concluse Paulina.

– Siete d'accordo, ragazze?

Le Tea Sisters annuirono e iniziarono a liberare il ragazzo dalle reti.

Jurgen sospirò: – Avete ragione, ME NE VADO. Voi riuscirete a tornare a casa da sole?

Violet rispose a nome di tutte: – CERTO, anche se credo che per noi l'avventura non sia ancora finita...

Poi, mentre Jurgen si ALLONTANAVA a testa bassa, si girò verso l'anziana che era rimasta sull'uscio dalla casetta di legno rossa e aggiunse: – ... NON È VERO, SIGNORA?

Non È possibile!

L'anziana signora guardò Violet con aria curiosa: – *Che cosa intendi dire, cara?*

– È da un po' che ho una strana sensazione, e non riuscivo a metterla a fuoco. Poi ho notato un DETTAGLIO che avrebbe dovuto colpirci subito...

– Ehm, di che cosa stai parlando, sorella? – disse Pamela, confusa.

– Di quello – sorrise Violet, INDICANDO il braccio della signora.

– Oooh! – esclamarono le amiche all'unisono.

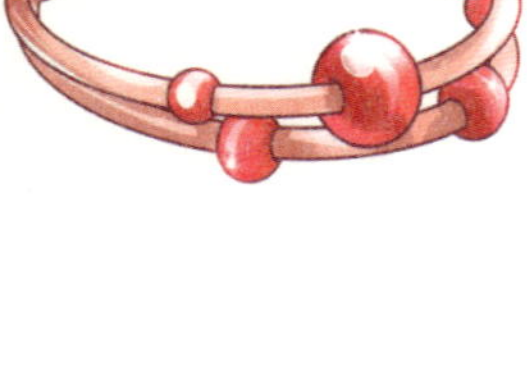

Al polso, l'anziana portava un BRACCIALETTO rosa molto grazioso...

– Non può essere – mormorò Colette. – Dalla descrizione che ci ha fatto Emil, quello sembra proprio... il braccialetto di Astrid!
La signora disse: – Credo che dovremmo fare una CHIACCHIERATA. Venite dentro, prego.
Le ragazze seguirono la signora all'interno della casetta rossa ed ebbero una sensazione familiare: l'abitazione, accogliente e tutta di legno, somigliava alla casa di Emil a Flåm.

– Questo è uno dei vecchi *rorbuer*, le casette dei pescatori, l'ho risistemato quando sono venuta a vivere qui, un paio d'anni fa – spiegò la signora.

– È delizioso – disse Colette, mentre si accomodava con le amiche intorno al tavolo.

– Mie care, volete dirmi come siete finite in questa storia? – chiese la padrona di casa.

Paulina spiegò: – Tutto è cominciato quando abbiamo trovato un vecchio PACCO al College di Topford. Siamo venute a conoscenza dell'amicizia tra Astrid ed Emil, e abbiamo scoperto la questione della formula segreta. Così abbiamo seguito gli INDIZI...

– Quindi siete andate fino alla panetteria Aurora, a Bergen? – domandò la signora.

– Per tutti i pistoni ingrippati! – esclamò Pam. – Ma lei come fa a saperlo?!

– Non hai ancora capito, Pam? – sorrise Violet. – La signora, in realtà, è...

– ... Astrid – continuò lei. – Sì, sono io.
Nella stanzetta scese un silenzio carico di stupore.
– Ma Emil ci ha detto che Astrid, cioè lei... era stata data per **DISPERSA** quando la nave che avrebbe dovuto portarla in America affondò in mare! – esclamò Nicky.
– Non andò proprio così... È vero che la nave su cui **VIAGGIAVO** con i miei genitori si trovò in difficoltà: all'improvviso si scatenò la peggior tempesta che avessi mai visto, ce

l'ho ancora davanti agli OCCHI, dopo tutti questi anni.
– Dev'essere stato terribile... – commentò Violet.
– Noi passeggeri cercammo di metterci in salvo sulle SCIALUPPE. Purtroppo io rimasi sola – spiegò la signora, con la voce che tremava appena. – Riuscii a raggiungere terra, ma non ritrovai più i miei cari.
– Ci dispiace tanto – mormorò Colette.
– Ma come mai dopo il naufragio non tornò a casa in NORVEGIA? – chiese a bassa voce Paulina.
Astrid sospirò: – I soccorritori erano americani, ormai eravamo vicini alla costa, così mi portarono là e io scelsi di cominciare una nuova vita seguendo finalmente la mia GRANDE PASSIONE per la scienza.
– E ci riuscì? – chiese Paulina.
L'anziana annuì: – Fui subito chiamata da

un'ORGANIZZAZIONE per occuparmi di ricerche scientifiche importantissime e segrete. Dedicai tutta la mia vita a questo, e NON TORNAI mai indietro. Non potevo, ero rimasta sola.

– Ma Emil pensa che lei sia scomparsa per sempre... – commentò Nicky. – E non l'ha MAI DIMENTICATA!

Astrid ebbe un sussulto: – Davvero?

– Ma certo! Noi lo abbiamo incontrato e abbiamo parlato tanto di lei!

– Anche io non mi sono MAI SCORDATA di Emil. In realtà, quando sono tornata qui in Norvegia, poco tempo fa, ho deciso di venire a vivere QUI a Røst proprio in ricordo delle nostre vacanze insieme...

IL QUADERNO DI ASTRID

– E che ne è stato della formula? – chiese invece Nicky.
Astrid SORRISE e indicò un grosso baule da viaggio: – Una di voi può aiutarmi ad aprirlo e recuperare una cosa qui dentro?
Subito Nicky SCATTÒ accanto all'anziana: – Certo, la aiuto io!
Con le indicazioni di Astrid, Nicky estrasse una scatola di latta verniciata, dall'aria un po' MALCONCIA. Astrid se la rigirò in mano, poi la mise sul tavolo, la aprì e ne tirò fuori un vecchio quaderno, che sfogliò con delicatezza.

– Ecco qui quello che cercavate – disse a un certo punto. – La formula che volevo lasciare al caro Emil, tanti tanti anni fa.

– Ma... non capisco – disse Violet, aggrottando la fronte.

– Questa scatola di latta con il mio vecchio QUADERNO è rimasta fuori, tra le rocce, per moltissimo tempo – spiegò Astrid. – L'avevo sigillata bene e nascosta prima di imbarcarmi per l'America, e avevo spedito il PACCO con il resto della formula a Emil.

– Purtroppo, lui non lo ricevette mai – spiegò Paulina.

– *Non potevo saperlo* – replicò Astrid. – Quando sono tornata in Norvegia, dopo tantissimi anni, sono subito venuta qui e ho CONTROLLATO se Emil era venuto a prendere la scatola che gli avevo lasciato.

– E l'ha trovata ancora al suo posto – intervenne Pam.

Astrid annuì: – Ho pensato che Emil non avesse dato retta al mio messaggio e che ormai mi avesse dimenticata.

– Ma in tutti questi anni non ha mai usato la formula? – chiese stupita Violet.

– No, questa era l'unica copia... e non sono mai più riuscita a ricostruirla. Forse la mia mente si è rifiutata di farlo, dopo il naufragio, per me era meglio lasciare tutto alle spalle, capite?

– Sì, è comprensibile – disse Paulina, studiando con curiosità le cifre e i simboli di cui era costellato il quaderno. – Peccato che la formula non sia stata mai sfruttata, in tutti questi anni.

– Ma adesso si può recuperare – aggiunse Colette. – Insieme a una grande amicizia che nessuno ha mai dimenticato!

– Oh, ragazze, è passato così tanto tempo... Siamo diventati adulti e ora siamo entrambi anziani – disse Astrid, portandosi le mani al viso. – **NON POSSO CREDERE** che Emil si ricordi ancora di me, e invece...
– Emil ricorda tutto, di lei! – esclamò Colette.

Astrid riprese: – Non penso che potrà mai **PERDONARMI** per non avergli fatto sapere che stavo bene.

– Signora Astrid, sfidi di noi, sono sicura che troveremo il modo migliore...

per rimettere a posto ogni cosa!

Finalmente insieme

Alle Tea Sisters restava l'ultima parte della **MISSIONE**.

– Okay, ragazze, passiamo al piano 'riunire due grandissimi amici che non si sarebbero *mai dovuti separare*' – dichiarò Colette, mentre Astrid era andata a preparare qualcosa da mangiare.

– Ehm, sorella, non potresti trovare un nome un po' più semplice? Tipo, non so, **'PIANO ASTRID ED EMIL'**? – propose Pamela.

Colette sospirò: – Un po' banale, ma va bene.

– Nome a parte... – intervenne Nicky. – Come intendiamo procedere?

– Io ho un paio di idee – disse Paulina. – E per metterle in atto, potremmo cominciare chiamando qualcuno che ha un DEBITO con noi per come si è comportato...

– Jurgen! – esclamò Violet.

In pochi minuti, le ragazze erano pronte e il piano entrò nella **PRIMA FASE**, ovvero la chiamata a Jurgen, di cui si occuparono Nicky e Paulina.

La seconda fase, invece, prevedeva che convincessero Astrid a SEGUIRLE.

Ci vollero tutta l'arte di persuasione di Colette, e la sensibilità di Violet, per far accet-

tare all'anziana l'idea di lasciare la sua tranquilla casetta e seguirle in quel viaggio. La **AIUTARONO** a impacchettare un cambio di vestiti, i documenti e, naturalmente, la preziosissima scatola di latta con il quaderno.

– Forza ragazze, è ora di andare, il nostro **TRAGHETTO** parte tra venti minuti! – esclamò Nicky, conducendo il gruppo fuori dalla casetta.

Il viaggio, che all'andata era sembrato lunghissimo, passò in un **LAMPO**: stavolta le Tea Sisters scelsero di prendere il primo aereo interno disponibile, e in una manciata di ore si ritrovarono a **OSLO**.

– Non metto piede in questa città da secoli! – esclamò Astrid, camminando per le vie della capitale norvegese. – Quando sono tornata dall'America sono passata di quì, ma solo ***VELOCEMENTE***.

– Questa volta c'è un posto che deve assolutamente vedere – affermò Nicky sorridendo. – Ecco, siamo arrivate.

Davanti a loro si stagliava il palazzo che ospitava la **Fondazione scientifica Astera**, dove era iniziata quell'avventura.

Le Tea Sisters chiesero indicazioni alla stessa scienziata con cui avevano parlato la prima volta e **RAGGIUNSERO** una porta anonima, senza alcuna targa.

Nicky bussò piano e una voce maschile disse:
– Avanti...
Le ragazze spinsero la porta e si ritrovarono in un ufficio piccolo ma elegante, dove tutto era ordinato e pulito. Al centro della stanza, in piedi su uno spesso tappeto, c'era una FIGURA MASCHILE, di spalle.
Jurgen, in disparte, salutò le amiche e il signore si voltò lentamente.
Astrid si portò le mani al viso: – Emil...
L'anziano rimase immobile, con gli occhi SPALANCATI che in un istante si velarono di lacrime: – Astrid? Sei tu? Possibile?!
Un attimo dopo, la stanza ESPLOSE di risate felici e affettuosi abbracci.
– Credevo che non ti avrei mai più rivisto! – disse l'anziano, ancora incredulo.
– Perdonami, caro Emil! Ho dovuto cambiare vita, lasciare tutto ciò che avevo qui in Norvegia... ma non ti ho dimenticato, mai!

SEI DAVVERO TU?
EMIL...

– Nemmeno io, cara Astrid! Non riesco a credere che tu sia davvero qui!
– Quanto tempo è passato... – sospirò lei.
Le Tea Sisters si fecero da parte, sorridendo felici davanti all'incontro dei due amici di un tempo che finalmente si erano ritrovati.
Jurgen si avvicinò e disse: – Ragazze, siete state *davvero eccezionali*.
– Grazie per aver convinto Emil a venire qui, al suo vecchio ufficio – gli disse Paulina, in tono gentile ma asciutto.
– Era il minimo, dopo il modo in cui mi sono comportato – rispose il ragazzo. – Non è stato facile CONVINCERE lo zio a venire senza svelargli del ritrovamento di Astrid...
– Per lui era una sorpresa – ribadì Colette, senza staccare gli **OCCHI** dai due anziani, che ora si erano

presi per mano, persi nei racconti del passato e degli anni in cui erano stati lontani.
– Una SORPRESA riuscita, direi – commentò Nicky, soddisfatta, mentre Astrid porgeva a Emil il vecchio quaderno.
– Per lo zio è stata una giornata molto intensa – riprese Jurgen. – Dopo che siamo arrivati qui, gli ho raccontato che avevo tentato di ottenere la FORMULA da solo, e si è molto arrabbiato. Vuole che per un po' di tempo non mi occupi più della fondazione.
– Oh... – disse Colette. – E che cosa farai?
Jurgen fece spallucce: – Ancora non lo so, cercherò di inventarmi qualcosa di utile...
In quel momento, Astrid disse: – Ragazze, io ed Emil abbiamo deciso di RICOMPORRE la formula per capire se è ancora utilizzabile. La studieranno qui alla fondazione!
– Che bello, è una notizia fantastica! – esclamò Paulina.

– Che cosa ne dite di immortalare questo momento con una FOTO? – propose Pam.
E fu così che quell'istante divenne un'immagine da conservare per sempre: l'immagine di due amici che, nonostante le avversità, avevano conservato il loro legame nel CUORE come il più prezioso dei tesori, ed erano infine riusciti a riunirsi...

GRAZIE ALLE TEA SISTERS!

VIVERE A NORD

IL CIRCOLO POLARE ARTICO

È il parallelo che passa subito al di sotto del Polo Nord. La zon al di sopra di esso è detta Artide e comprende l'insieme delle varie regioni che si affacciano sul **Mar Glaciale Artico.** Il Circolo polare artico attraversa il nord del Canada, l'Alaska, l'Islanda, la Groenlandia, la Finlandia, la Norvegia, la Svezia e la Russia.

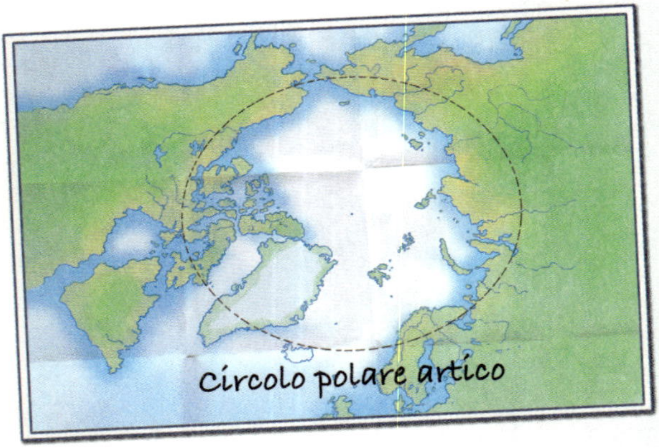

Perché si chiama così

'Arktikos' in greco antico significa 'vicino all'Orsa'. Il termine 'artico', infatti, è ispirato alla costellazione dell'Orsa Minore, quella dove brilla anche la famosa Stella Polare, che nell'emisfero boreale indica sempre la direzione del nord.

Giorno e notte senza fine

A causa dell'inclinazione della Terra sul suo asse, ci sono periodi dell'anno in cui, lungo il Circolo polare artico, il sole rimane **sempre visibile all'orizzonte,** o viceversa non lo si vede mai! Il 21 giugno, il sole rimane visibile per 24 ore al Circolo polare e per ben 186 giorni al Polo. Nel secondo caso invece si parla di **'notte polare'**: il 21 dicembre in corrispondenza del Circolo la notte dura 24 ore, mentre al Polo dura 179 giorni. Quindi, nel corso di un anno, al Polo Nord si alternano **circa 6 mesi continui di giorno e altrettanti di notte!**

Qual è il polo più caldo?

Nonostante sia a nord, l'Artide ha una temperatura media estiva di circa 0°, mentre l'**Antartide,** o Polo Sud, di... -27°! Questo perché, mentre l'Antartide è un continente circondato dall'oceano, l'Artide è un mare circondato da terre, e l'acqua che si trova sotto la calotta dei ghiacci intrappola facilmente il calore e **mitiga la temperatura.**

Estate o inverno?

In Artide l'**inverno è una stagione piena di vita:** la varietà di specie animali, i ritmi di riproduzione, l'abbondanza di plancton, crostacei, pesci e molte specie di uccelli in inverno sono simili o persino maggiori di quelle registrate nei mesi estivi.

La cassaforte del pianeta

La banca più importante del mondo si trova nell'Artico: è la Svalbard Global Seed Vault (il Deposito globale di sementi delle Svalbard), un luogo che custodisce più di 4.000... semi di piante! Questa raccolta ha lo scopo di proteggere la varietà delle specie vegetali del pianeta da rischi come i cambiamenti climatici, le carestie, le guerre e i disastri naturali.
Questo luogo è un vero e proprio giardino terrestre nascosto nel permafrost, sull'isola norvegese di Spitsbergen, che fa parte dell'arcipelago delle isole Svalbard.

PERMAFROST: strato di terreno permanentemente gelato che si trova nel sottosuolo presso le zone più vicine ai Poli.

Esploratori al Polo Nord

La tradizione narra che il primo a raggiungere il Polo Nord sia stato l'esploratore statunitense **Robert Peary** (1856-1920).

Secondo alcuni studi, però, il Polo sarebbe stato raggiunto per la prima volta da **Matthew Henson,** assistente di **Peary** e primo esploratore artico afroamericano.
Si è infatti scoperto che quando Peary, nel 1909, insieme a Henson e a quattro inuit (la popolazione eschimese), provò per la prima volta a raggiungere il Polo Nord, fu costretto a rallentare la marcia, per un principio di congelamento agli arti. Henson sarebbe quindi andato in avanscoperta, oltrepassando addirittura il nord geografico di un paio di chilometri: tecnicamente **raggiunse il Polo Nord quarantacinque minuti prima di Peary!**

UNA DANZA NEL CIELO

Quando ci si trova vicino ai poli, al crepuscolo o durante la notte può accadere di assistere a un fenomeno incredibile: **nel cielo scuro danzano luci colorate,** che formano archi, raggi e cortine luminose, è l'aurora polare!
Nell'emisfero settentrionale questo fenomeno prende il nome di aurora boreale, mentre in quello sud si parla di aurora australe. Ma di cosa si tratta esattamente?

Antiche leggende

L'origine di questo fenomeno ha dato vita a molte leggende. In Finlandia, per esempio, l'aurora boreale si chiama **'revontulet'** termine che tradotto letteralmente significa **'fuochi della volpe'**. Si racconta infatti che l'aurora boreale fosse in realtà causata da **volpi magiche** che, correndo nella foresta innevata, colpivano la neve con la coda, generando meravigliosi **giochi di luce.** Per i vichinghi, invece, le luci erano dovute allo scintillio delle armature delle **valchirie,** mitiche guerriere.

Come si forma l'aurora polare?

Nel 1600 si cominciò a cercare le cause scientifiche del fenomeno dell'aurora polare. Fino alla metà del 1800, gli scienziati la piegavano come frutto dei riflessi della luce sugli enormi iceberg degli oceani polari, oppure come riflessi dei lampi in alta quota.

Nel 1859, però, **Richard Christopher Carrington,** astronomo inglese, fece una scoperta: l'aurora polare era legata all'attività solare. I protoni e gli elettroni emessi dal sole (il cosiddetto 'vento solare') colpiscono la parte dell'atmosfera terrestre compresa tra i cento e i cinquecento chilometri di altitudine, detta **ionosfera.** Quando il fenomeno elettrico si esaurisce, l'energia prodotta dagli elettroni si trasforma in luce visibile: ovvero l'**aurora polare!**

Richard Christopher Carrington

CHI ABITA NELL'ARTICO?

Le zone artiche sono popolate da animali adatti ad affrontare le basse temperature e i lunghi inverni: **orsi, volpi, animali acquatici** (ma non i pinguini, che vivono solo nell'emisfero australe).

Volpe artica

Il suo splendido manto bianco le fornisce un perfetto strumento per mimetizzarsi **durante l'inverno** nelle distese innevate. Nella stagione più calda, il suo colore muta e tende al **bruno,** adattandosi al paesaggio.
Contro il freddo la aiutano il muso corto, le orecchie piccole e le zampe con le piante ricoperte di pelo. La sua coda folta le dà equilibrio e le serve anche come coperta contro il freddo! D'inverno, poi, **le volpi si alleano:** cacciano in gruppo e condividono persino le tane!

Orso polare

Il suo nome scientifico, 'Ursus Maritimus', vuol dire **'orso del mare'**, perché vive dentro e fuori dall'acqua. Ha molte caratteristiche che lo rendono adatto all'ambiente freddo: il fitto manto di pelo idrorepellente (cioè che fa scivolare via l'acqua), larghe zampe per procedere nella neve e sul ghiaccio e persino una speciale palpebra per proteggere gli occhi dal clima freddo.
È il più grande carnivoro del pianeta, veloce e potente: riesce a correre fino a 40 chilometri orari di velocità, ha 42 denti affilatissimi e una stazza che può raggiungere i 700 chili.

Appena nato, però, è grande e pesante circa quanto... un panetto di burro! La specie oggi è in pericolo, soprattutto per l'effetto negativo dei **cambiamenti climatici:** si stima che nel mondo ne rimangano poco più di 25.000 esemplari.

Tricheco

È famoso per i suoi dentoni, che usa anche per aggrapparsi al ghiaccio e aiutarsi a uscire dall'acqua: sono dei **canini lunghi fino a un metro,** che crescono per tutta la vita! Il tricheco può rallentare il battito del cuore per resistere alle temperature basse e usa i baffi come radar per individuare nei fondali il suo cibo preferito: i **crostacei.** È un animale molto sociale: spesso i trichechi si adagiano sul ghiaccio in grandi gruppi e interagiscono tra loro, tra barriti e sbuffi.

Calamaro gigante

Benché sia stato considerato per secoli una creatura leggendaria, il **calamaro gigante esiste davvero.** Vive negli abissi glaciali, e ha dimensioni impressionanti: fino a 18 metri di lunghezza, per una tonnellata di peso!

DIARIO
a dieci zampe!

Una Conchiglia per sempre

Astrid, da ragazza, **sceglieva le conchiglie più belle ma non le rubava alla spiaggia:** ne faceva un calco da mandare al suo caro Emil. Anche noi abbiamo provato a realizzare delle riproduzioni di conchiglie da regalare... **fallo anche tu!**

OCCORRENTE: una conchiglia da usare come modello e poi rimettere sulla spiaggia, un matterello, lo stecco di legno di un ghiacciolo, pasta modellabile.

1. Per prima cosa, **stacca** un pezzo di pasta modellabile e **stendila** bene con il matterello: dovrà essere alta qualche millimetro (mezzo centimetro al massimo) e più grande della conchiglia che userai come modello.

2. **Posiziona** la conchiglia sulla pasta, **avvolgendola** e **premendo** bene.

CHIEDI SEMPRE CONSIGLIO E AIUTO A UN ADULTO

3. Con lo stecco di legno di un ghiacciolo, **taglia** la pasta in eccedenza.
Poi **capovolgi** la conchiglia e **staccala** delicatamente dall'impronta.

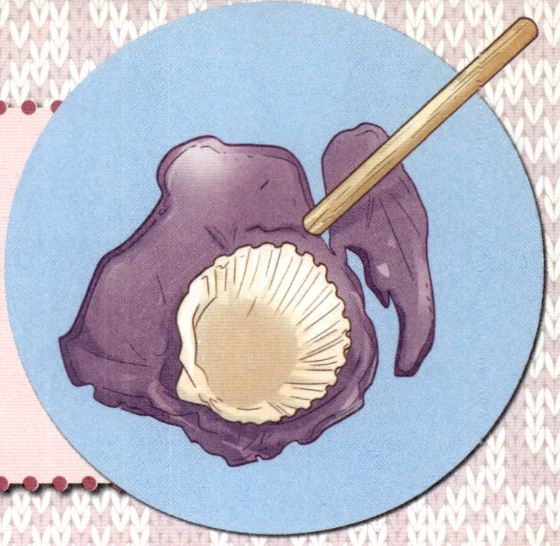

4. Fai asciugare all'aria aperta (o **cuoci** l'impronta con l'aiuto di un adulto, a seconda della pasta modellabile che usi).
La tua conchiglia è pronta!

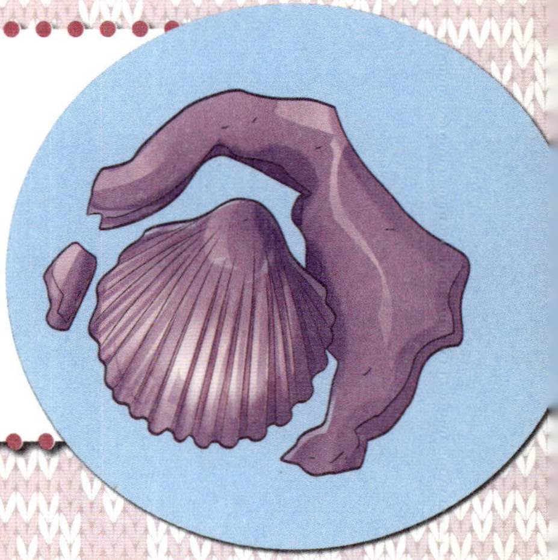

Personalizzala aggiungendo dei brillantini o usando pasta di due colori!

Mani sempre al caldo

Quando il clima diventa gelido bisogna sempre avere con sé un paio di **guanti caldi e morbidi!** Scopri come realizzare un paio di moffole riciclando un vecchio maglione che non usi più.

OCCORRENTE: un vecchio maglione di lana, forbici con la punta arrotondata, ago e filo di lana dello stesso colore del maglione, gessetto.

1. Stendi bene il maglione su un tavolo. **Appoggia** la tua mano sinistra sul margine inferiore del maglione, con il polso appoggiato al bordo e con il gessetto **traccia** la sagoma della mano tenendo circa un centimetro di abbondanza. **Ripeti** poi l'operazione con la mano destra.

2. Ritaglia le due sagome facendo attenzione a tagliare contemporaneamente il davanti e il retro del maglione.

3. Rovescia le due parti del primo guanto in modo che i bordi esterni combacino e **cuci** i margini tagliati.

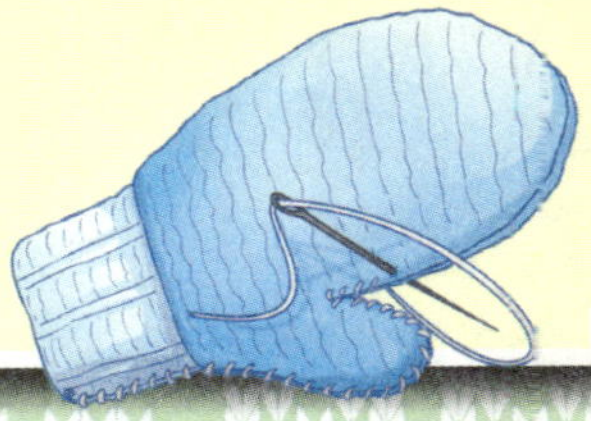

4. Rovescia di nuovo il guanto cucito e... **eccolo pronto!** Ora fai la stessa cosa con il secondo guanto.

5. Se vuoi, puoi **decorare** le tue nuove moffole cucendoci sopra ponpon, perle colorate o fiocchetti!

CHIEDI SEMPRE CONSIGLIO E AIUTO A UN ADULTO

Se vuoi regalare le moffole a un'amica, ricopia su un foglio a quadretti il disegno geometrico qui sotto, coloralo, **scrivi una dedica e usalo come biglietto!**

ANIMALI DEL NORD

Questo viaggio ci ha insegnato moltissimo sulle terre del Nord. Sapresti dire **quali di questi animali NON VIVONO IN ARTIDE?**

La soluzione è in fondo al libro!

INCROCI DI PAROLE

Come si chiama la carissima amica di Emil?

Cancella dallo schema le parole elencate e lo scoprirai!

P	N	E	V	E	G
I	S	O	L	A	U
S	A	R	S	L	A
T	T	S	R	G	N
E	I	A	D	A	T
B	I	A	N	C	O

ALGA
BIANCO
GUANTO
ISOLA
NEVE
ORSA
PISTE

La soluzione è in fondo al libro!

RICETTA
SKILLINGSBOLLER

In Norvegia mi sono fatta dare la ricetta dei meravigliosi SKILLINGSBOLLER, tipici di Bergen. Provali anche tu!

INGREDIENTI

350 ml di latte, 500 g di farina, 75 g di zucchero + 2 cucchiai, 100 g di burro + 2 cucchiai di burro fuso, 50 g di lievito, 1 cucchiaino di cannella.

1. SCALDA il latte facendolo intiepidire e sciogli dentro il lievito, quindi trasferisci il tutto in una ciotola capiente.

2. SCIOGLI a bagnomaria o al microonde i 100 g di burro e aggiungili al latte, poi unisci anche i 75 g di zucchero.

3. AGGIUNGI un po' alla volta nella ciotola anche la farina e mescola fino a ottenere un impasto morbido.

4. COPRI l'impasto con la pellicola e lascialo lievitare a temperatura ambiente per circa un'ora.

5. STENDI l'impasto con il matterello leggermente infarinato, fino a ottenere un rettangolo sottile.

6. COSPARGI la base di pasta ottenuta con burro fuso, zucchero e cannella.

7. AVVOLGI la pasta su se stessa, creando un lungo rotolo.

8. AFFETTALO in pezzi dello spessore di un paio di centimetri.

9. SISTEMA le fette ben distanziate su una teglia coperta di carta da forno e cuocile nel forno già caldo per 15 minuti a 200°C.

10. SFORNA gli skillingsboller quando saranno ben dorati, aspetta che si intiepidiscano e...

BUONA MERENDA!

CHIEDI SEMPRE CONSIGLIO E AIUTO A UN ADULTO

RICETTA
GRAVLAKS

Sul treno abbiamo assaggiato un piatto tipico: il salmone marinato alla norvegese. Ecco come prepararlo!

INGREDIENTI

700 g di salmone fresco (meglio chiedere il taglio centrale), 225 g di aneto fresco, 110 g di zucchero, 1/2 cucchiaino di sale, 1 cucchiaio di pepe nero, 1 cucchiaio di pepe bianco, 1 fetta di limone.

PER LA SALSA: 60 ml di senape, 2 cucchiai di aceto di mele, 3 cucchiai di zucchero, 1 cucchiaio di succo di limone, 2 cucchiai di aneto fresco tritato.

1. CHIEDI al pescivendolo, oppure a un adulto, di preparare il salmone togliendo la lisca e dividendolo in due filetti di uguale misura.

2. TRITA l'aneto e tienilo da parte; schiaccia con un pestello lo zucchero, il sale e il pepe.

3. SISTEMA uno dei due filetti su un piatto largo, con la parte senza pelle rivolta verso l'alto, e coprilo con metà del composto appena preparato.

4. UNISCI l'aneto tritato, copri con quel che resta del composto di sale, zucchero e pepe, sistemaci sopra il secondo filetto di salmone e avvolgi bene tutto con la pellicola trasparente.

5. METTI il piatto con il salmone in frigorifero e lascialo marinare per 4 giorni. Ogni 12 ore devi ricordarti di togliere la pellicola, scolare il liquido in eccesso, riavvolgere i filetti e rimetterli in frigo.

6. PASSATI i 4 giorni, stendi i filetti e raschia via delicatamente il composto di sale, zucchero, pepe e aneto.

7. PREPARA la salsa mescolando senape, aceto, zucchero, limone e aneto in una coppetta.

8. TAGLIA il salmone marinato a fettine sottili e servilo con il limone e la salsa.

BUON APPETITO!

CHIEDI SEMPRE CONSIGLIO E AIUTO A UN ADULTO

GIOCO: UN VIAGGIO TRA I FIORDI

Queste foto ritraggono uno dei momenti più emozionanti della nostra avventura: quando abbiamo scoperto che dentro alla conchiglia di Astrid si nascondeva un messaggio segreto... ma le due foto non sono identiche,

RIESCI A TROVARE LE 5 DIFFERENZE?

La soluzione è in fondo al libro!

UN MORBIDO CUSCINO

Non buttare i vecchi vestiti invernali: tutto può trasformarsi in qualcosa di nuovo! Io ho provato a realizzare dei cuscini con delle vecchie sciarpe. **Vuoi farlo anche tu?**

OCCORRENTE: alcune vecchie sciarpe morbide e colorate (puoi chiedere anche ai tuoi famigliari se hanno sciarpe che non mettono più!), forbici da stoffa, ago e filo resistente, materiale da imbottitura, coppie di nastrini colorati (tante quanti i cuscini che vuoi realizzare).

1. Inizia con una sciarpa. **Piegala** a metà e **tagliala** con l'aiuto di un adulto, in modo da ottenere due pezzi della stessa grandezza.

2. Sovrapponi i due lembi ottenuti e **cuci** lungo i lati lunghi, otterrai quindi un 'tubo' di stoffa aperto sui due lati corti.

3. Ribalta il tubo in modo che le cuciture restino nascoste.

4. Inserisci il materiale da imbottitura finché non otterrai un cilindro 'cicciotto', ma fai attenzione a non riempirlo del tutto, le due estremità devono restare vuote.

5. Chiudi le estremità del tubo **legando** da entrambe le parti un nastrino e **fissandolo** bene con un nodo e un fiocco.

IL TUO MORBIDO CUSCINO A FORMA DI CARAMELLA È PRONTO!

CHIEDI SEMPRE CONSIGLIO E AIUTO A UN ADULTO

TEST: CHE SPORTIVA SEI?

1. La tua meta ideale per le vacanze è...

A. Un campeggio in montagna.
B. Ovunque, ma sempre con i miei migliori amici.
C. Un tour nelle più celebri città d'arte.

2. Se si fora la gomma della bicicletta...

A. Trovi un modo per ripararla da sola.
B. Chiami in aiuto i tuoi amici.
C. Chiami un adulto.

3. Qual è un aggettivo che ti descrive?

A. Coraggiosa.
B. Amichevole.
C. Riflessiva.

4. Indispensabile per una giornata al parco...

A. Abbigliamento comodo da esplorazione.
B. La palla per giocare.
C. La tua musica preferita.

5. Al cinema ti piacciono...

A. I film d'azione.
B. I film comici.
C. Le commedie romantiche.

6. Se ti invitano a un picnic, che piatto porti?

A. Crei una nuova ricetta seguendo la tua fantasia.
B. Prepari tanti piccoli panini diversi secondo i gusti dei tuoi amici.
C. Prepari un dolce elaborato seguendo per filo e per segno la ricetta.

7. La tua migliore qualità fisica...

A. Agilità.
B. Velocità.
C. Grazia.

8. Se fossi un animale saresti...

A. Un leone selvagio.
B. Un giocoso delfino.
C. Un elegante cigno.

PROFILI

MAGGIORANZA DI RISPOSTE A: SPORT D'AVVENTURA

Sei piena di energia e ami l'avventura. I tuoi sport ideali sono quelli più movimentati e che ti permettono di stare in mezzo alla natura come lo sci, il canottaggio, la vela...

MAGGIORANZA DI RISPOSTE B: SPORT DI SQUADRA

Il tuo motto è: l'unione fa la forza! La tua attività ideale è uno sport di squadra, come la pallavolo, il calcio o la pallacanestro. È proprio in gruppo con gli amici, infatti, che dai il meglio di te!

MAGGIORANZA DI RISPOSTE C: DANZA

Sei raffinata, elegante e riflessiva.
Ti piacciono gli sport che richiedono concentrazione e armonia, magari con l'accompagnamento della musica, come la danza!

GIOCO:
REBUS

Prova a risolvere questi rebus **sostituendo alle immagini il nome corrispondente e leggendo la frase completa!**

REBUS 1 (5, 2, 7)

Emil e Astrid a Topford frequentavano insieme il...

REBUS 2 (12, 4, 8, 2, 4)

Il tesoro più prezioso per Astrid è il...

La soluzione è in fondo al libro!

UNA CORNICE PER I TUOI RICORDI!

L'avventura in Norvegia è cominciata con le vecchie foto di un annuario e si è conclusa con una foto ricordo, **per cui ho confezionato una cornice speciale, prova anche tu!**

OCCORRENTE: una cornice di legno con il vetro, pezzi di stoffa di colori e fantasie diverse, righello, matita, forbici da stoffa, colla e pennello.

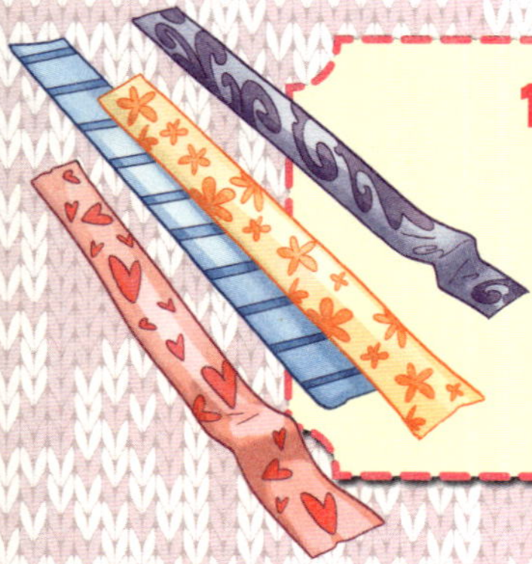

1. Con l'aiuto di un adulto **ritaglia** dai pezzi di stoffa alcune strisce della stessa grandezza. Devono essere strette e lunghe per poter essere **avvolte** attorno alla cornice.

2. Con il pennello, **spargi** un po' di colla sulla cornice, cominciando da una porzione non troppo grande.

3. Prendi una striscia di stoffa e **incolla** un'estremità al retro della cornice. Premila bene e **avvolgila** intorno alla cornice.

4. Continua ad **arrotolare** la striscia dove hai spalmato la colla, facendo attenzione a tenere la stoffa ben tesa.

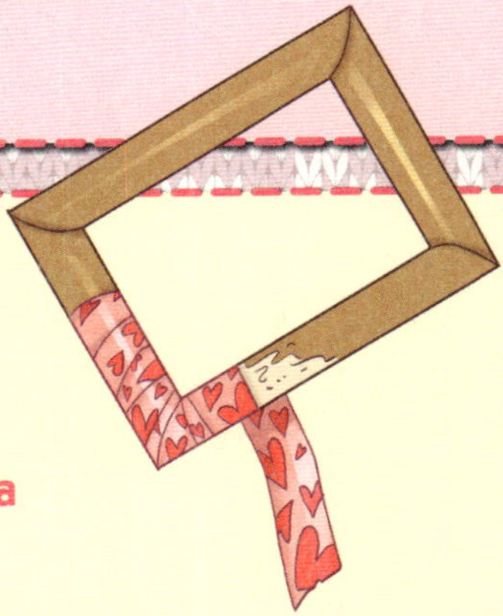

5. Quando hai finito una striscia, **scegline** un'altra e prosegui incollandola vicino alla prima. Ricorda di **usare più colla in corrispondenza degli angoli.**

6. **Inserisci** il vetro prima che la colla sia troppo asciutta. Infine, **posiziona la foto!**

CHIEDI SEMPRE CONSIGLIO E AIUTO A UN ADULTO

Soluzioni!

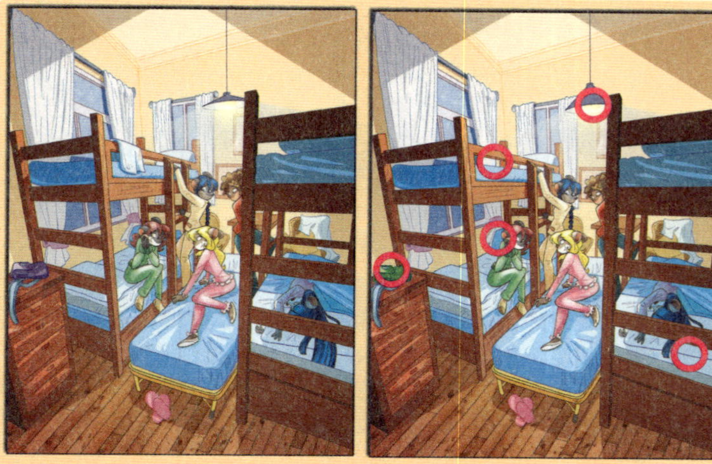

Soluzione gioco
GIOCO: UN VIAGGIO TRA I FIORDI
pag. 203

Soluzione gioco
I REBUS pag. 209

REBUS 1:
C orso DI sci ENZE = corso di scienze

REBUS 2
braccia letto rosa re GA lato DA Emil =
braccialetto rosa regalato da Emil

Soluzioni!

Soluzione gioco
ANIMALI DEL NORD
pag. 196
GIRAFFA, PAPPAGALLO, COCCODRILLO, PINGUINO

P	N	E	V	E	G
I	S	O	L	A	U
S	A	R	S	L	A
T	T	S	R	G	N
E	I	A	D	A	T
B	I	A	N	C	O

Soluzione gioco
INCROCI DI PAROLE
pag. 197
ASTRID

INDICE

LA TUA COLLEZIONE

Leggere è un'avventura emozionante!
Segna tutti i libri della tua collezione!

Tea Sisters

4 Mistero a Parigi
5 Il vascello fantasma
6 Grosso guaio a New York
7 Il tesoro di ghiaccio
8 I naufraghi delle stelle
9 Il segreto del castello scozzese
10 Il mistero della bambola nera
11 Caccia allo scarabeo blu
12 Lo smeraldo del principe indiano
13 Mistero sull'Orient Express
14 Mistero dietro le quinte
15 La leggenda dei fiori di fuoco
16 Missione "flamenco"
17 Cinque amiche per un leone
18 Sulle tracce del tulipano nero
19 Una cascat di cioccolato!
20 I segreti dell'Olimpo
21 Amore alla corte degli zar
22 Avventura ai Caraibi
23 Colpo di scena a Hollywood
24 Mistero in Madagascar
25 Inseguimento tra i ghiacci
26 Carnevale a Venezia

Grandi Libri

Vita al College

- 28 Una magica notte sulla neve
- 29 Un tesoro di cavallo
- 30 Cinque amiche in campo
- 31 La città segreta
- 32 Sfilata di moda per Colette
- 33 I dolci del cuore
- 34 Stiliste per caso
- 35 Ballare che passione!
- 36 Una regata per cinque
- 37 Sulle note del cuore
- 38 Un cucciolo in cerca di casa
- 39 Il segreto delle farfalle dorate
- 40 Il magico spettacolo dei colori
- 41 Lo specchio della sirena
- 42 Un sogno a passo di danza
- 43 La lettera segreta
- 44 Il trofeo dell'amicizia
- 45 Amiche per la moda
- 46 Operazione gran ballo
- 47 Mistero al faro dei gabbiani
- 48 Il giardino dei segreti
- 49 Sognando la vittoria
- 50 Il segreto dell'amicizia
- 51 Un tesoro di cavallo
- 52 Mistero sotto le stelle
- 53 Il quadro misterioso
- 54 La staffetta dell'amicizia
- 55 La festa degli aquiloni
- 56 Una stella sui pattini

N
1
2
3
4
5
6
7
8
9
10
11
12
13
14
15
16
17
18
19
20
21
22
ISOLA delle BALENE

ISOLA delle BALENE

1. Osservatorio astronomico
2. Faraglioni dei Gabbiani
3. Spiaggia degli Asinelli
4. Clinica veterinaria "Cuccioli felici"
5. Locanda di Marian
6. Monte Franoso
7. Picco del Falco
8. Spiaggia delle Tartarughe
9. Fiume Patella
10. Bosco dei Falchi
11. College di Topford
12. Grotta del Vento
13. Circolo Velico
14. Accademia della Moda
15. Scogli del Cormorano
16. Bosco degli Usignoli
17. Biblioteca Comunale
18. Porto
19. Villa Marea: laboratorio di biologia marina
20. Impianti fotovoltaici per l'energia solare
21. Baia delle Farfalle
22. Scoglio del Faro

TOPFORD
1
2
3
4
5
6

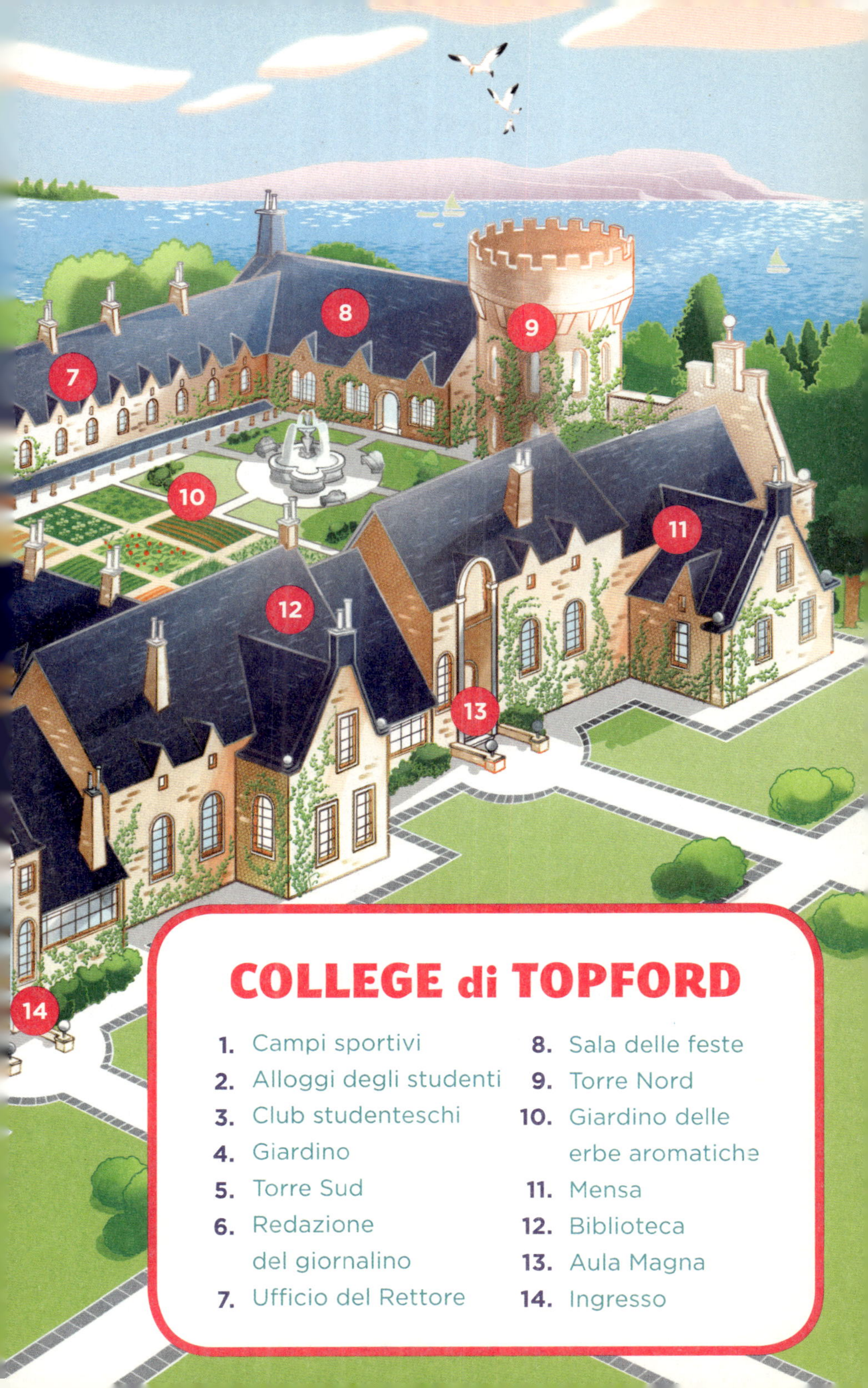

COLLEGE di TOPFORD

1. Campi sportivi
2. Alloggi degli studenti
3. Club studenteschi
4. Giardino
5. Torre Sud
6. Redazione del giornalino
7. Ufficio del Rettore
8. Sala delle feste
9. Torre Nord
10. Giardino delle erbe aromatiche
11. Mensa
12. Biblioteca
13. Aula Magna
14. Ingresso

Siete pronti a partire?

In libreria vi aspettano tante nuove avventure!

Scoprite tutto sul mondo delle Tea Sisters su www.ildiariodelleteasisters.it

TEA STILTON
TEA SISTERS
N. 43